甘い伽

彼とパパのW調教

沢村のぞみ

幻冬舎
MC

CONTENTS

甘い伽
彼とパパのW調教

プロローグ

カーテンを開け放した窓にふと目を向ければ、まるで星屑をばらまいたかのような東京のきらめく夜景が一望できる。私は、海沿いにそびえるシティーホテルのベッドで、男のふっくらとした肉厚の唇が、私の胸の頂《いただき》にある突起を口に含むのを待っていた。

年齢は五十代前半、白髪交じりでどこかの銀行の役員とだけ聞かされていた男は、顔を近づけるとつぶらな瞳で私に熱い視線を送ってくる。私がうっすらと笑みを浮かべると、それを合図に私の胸に舌を這《は》わせた。

「ん……つぅ……んん」

私から喘《あえ》ぎ声が漏れる。彼の唇にとらわれた乳首は口内で痛いほど膨らみ、しゃぶられるたびに訪れるチリチリとした感触が体をしびれさせた。

銀行の人というから穏やかできめの細かい愛撫をしてくるに違いないと、ホテルまでの道すがら勝手に妄想をしていたが、彼の愛撫は力強く、私の乳首を痛みが伴うほど激しく吸い上げた。しかし、粗雑に扱うというわけではなく、荒々しさの中に心地よさを感じる。きっと多くの女性を悦《よろこ》ばせてきたに違いない。なめらかに動く彼の太い指がもう一方の胸をこねくり回すと、体のしびれは疼《うず》きに変わった。下腹部が十分に濡れそぼっているのが自分でもわかった。

「さやちゃんかわいいよ」

乳首から口を離し、ウエーブのついた髪を撫でながら呟いた彼の頬を両手で挟むと、私は体を起こして彼の半開きになった口の中に自分の舌をねじ込んだ。「かわいい」と言われると、条件反射で私の体は頭のてっぺんから、足の爪の先まで熱くなる。容姿なんてどうだっていいのだと思う。セックスのとき、男は本当にそうは思ってもいなくても「かわいい」と言ってくれる。

（それでいい……。言葉だけで……それだけで……）

ありとあらゆる場所を執拗《しつよう》に舌で撫で回す。気持ちよさそうに彼が身を震わせると、口の脇から収まりきれなくなった水滴がこぼれた。舌と舌、唾液と唾液が絡まり合う音、控え目に、それでも艶《つや》っぽく喘ぐ彼の声が耳から頭の中に流れ込んできては、気分を高揚させる。

ぎりぎりのところで意識を保ち唇を離すと、唾液が糸のように伸びていった。私は彼のガウンをはだけさせ、縞模様のトランクスの上に手を這わせる。肉棒が十二分に膨れ上がり、脈打っているのが布越しにも感じられた。

「私……もう……」

抱きついて耳元でそう呟く。夢中でキスをしていたためか、彼は呆《ほう》けた顔をしていた。私の呼びかけに我に返り、「あ……そう……そうだね」と慌てた様子で周りを見渡し、サイドテーブルに手を伸ばそうとした。私はその手を優しくつかんで、じっと目を見た。

「今日は、大丈夫な日ですから……」

彼の瞳の中には、みっともなく乱れた自分の姿が映っていた。彼は私の肩を力強く握り締めると、ベッドに押し倒す。そして、まるで何かに追われているかのように、せわしない様子で裸になると、私のショーツを一気に剥《は》ぎ取り、猛りきった体の一部を私の体内にうずめ、激しく腰を動かし始めたのだ。

甘いしびれが引いたあと、私は下腹部にひんやりとした感覚を覚えて意識を取り戻した。横を見ると、彼が程よく肉のついた体を力なく投げ出し、呼吸を弾ませながら横たわっている。まだ熱く火照《ほて》ったままの自分の股間を優しく撫でた。すると、指には大量の精液がまとわりついた。

彼は私が意識を取り戻したのに気がつくと、顔を向け、優しく頭を撫でてくれた。

「いっぱい出してくれたんですね……うれしいです……」

興奮の波が引いていくのを感じながら、精一杯の笑顔を向けて言葉を絞り出す。いつもそう。この瞬間だけ私は嘘をつく。どんなに気持ちがよくても、射精をされたあとに、「私が欲しいのは、これじゃない」という思いが湧き上がり、それまでの上気していた心を隅から隅まで塗りつぶしていく。

私の体内が満たされるべきもので満たされたことは、ただの一度だけしかない。

(こんな私を一瞬でも愛してくれたのに、嘘をついてごめんなさい)

私は何度も髪を撫でてくれている彼に優しく口づけをすると、首の後ろに手を回し、力いっぱい抱きしめた。

そして、いつものように、「愛しています」と耳元でささやくのだった。「ごめんなさい」の代わりに……。

第一章

まだ気だるさの残る体のままホテルのエントランスを出ると、強いビル風が私の歩みを鈍らせた。三月ももう終わろうというのに、今年は一向に暖かくならない。開けていたグレーのロングコートのボタンをすべて留めた瞬間、身震いをした。連休直後だからだろうか。夜のオフィス街にはいつになく人通りが少なかった。誰を照らすわけでもなく、寂しそうに歩道だけを照らしている街灯の光が、より一層寒さを際立たせる。鞄の中から手袋を取り出し、着けようとしたが、思いとどまり携帯を取り出した。

すでに十時を過ぎている。数少ない連絡先から、マネージャーである笹原の番号を探す。

笹原はすぐに電話に出た。

「美生ちゃんお疲れ様」

何時だろうと変わらない、いつもの調子のよい明るい声が聞こえてくる。

「お疲れ様です。今、ホテルを出ました」

「大丈夫だった？　特に何もなかったかな？」

人を子ども扱いするようなその言いようは、最初のころこそ不快であったが、今は守られているという安心感すら覚える。

「大丈夫です。非常に良い方でした」

つい先ほどまで、私の乳首をつまんでいた厚い唇と、膣内をいじっていた太くて短い指が頭の中に浮かんでは消えた。

「了解。ありがとう。次は来週の水曜日にお願いね。まぁ、もし他の曜日でも入っていいなと思ったら連絡頂戴。気をつけて帰ってね」

優しい言葉を残して電話は切れた。私は通話終了と書かれた携帯の画面をしばらく眺めたあと、深く息を吐き、携帯を鞄に入れた。そして、代わりに革の手袋を取り出し身に着けると、地下鉄の駅へと足を速めた。


笹原と出会ったのは十九歳のときだった。ちょうど今ぐらいの季節だっただろうか。その日は、渋谷に一人で買い物に来ていた。休日の渋谷は通勤の満員電車とはまた違った圧迫感がある。私はすっかり人酔いしてしまい、喫茶店に逃げ込んだ。ベージュのスプリングコートを椅子にかけ、席に座る。注文を終えると、目を閉じゆっくりと深呼吸を重ねては、疲れた心をゆっくりと癒やしていた。ふと、人の気配を感じ、目を開けると、そこには一人の見知らぬ男が座っていた。

「ひっ……」

驚きのあまり、周りに聞こえる大きさで、引きつった声を上げてしまった。周りの何人かが訝《いぶか》しげな顔でこちらを振り向く。

「ごめん、ごめん驚かせて」

さして謝罪の意もなさそうな軽い口調で男はそう言うと、探るような粘着質な視線を私から外さずに、二、三度頭を下げた。年は三十ぐらいだろうか。短めにそろえて立たせた髪に、小麦色の肌。体形、背格好からして、一瞬スポーツマンのように見えたが、春の陽気とは不似合いなダーク系のスーツを身にまとった姿に、爽《さわ》やかさとは真逆の何か晴れ晴れとしないうさんくささを感じた。

間違いなく知り合いではなさそうだ。

「すみません。どなたですか？」

私の言葉を無視するかのように、男は店員を呼ぶとアイスコーヒーを注文し、「伝票一緒で」と笑顔で付け加えた。そしてその笑顔を崩さぬまま、私に向き直った。

「あ、もちろん、僕が払うから気にしないでね」

(あーこれがナンパなんだろうか、それとも何かの勧誘?)

そんなことを考えながら、男を睨みつける。せっかく落ち着こうと思って入ったのに、いい迷惑だ。どうして自分の都合を、さも悪気なく他人に押し付けられるのだろうか。これまで多くの人間にされてきた同じような事象が思い出され、男に対する嫌悪感を助長させる。

「何か用ですか? 用がないなら失礼させてほしいのですが」

(用があっても失礼させてほしい)

少し言い方を間違えてしまったと考えていると、男は、運ばれてきたアイスコーヒーのストローから口を離し、「あーそうだよね。ごめんごめん」とまたごめんを二回繰り返しながら、太いシルバーの指輪をはめた指で一枚の名刺を取り出した。

そして、視線で読むように促す。しぶしぶ名刺を見ると、そこには、笹原陽介という名前とともにマネージャー、ヘアメイクアーティストという肩書きが書かれてあった。

「だから、それで、笹原さんが何の用なんですか?」

さして大きくない目をぎゅっと力強くすぼめて、笹原の顔をじっと見据えた。

「そんなに怖い顔をしないでよ」

彼はがっちりとした肩をすくめてみせると、急ににやけ顔を引き締めた。

「まずは、メイクさせてくれないかな？　本当の話はそのあと」

まったく事情がのみ込めない。いきなり話しかけてメイクさせろなんて……。ナンパ？　宗教の勧誘？　騙して何か高額なものを買わせようとしているのかもしれない。ヘアメイクアーティストと名乗れば、女性が興味を持つと思ったのだろうか。それなら人選を間違えている。残念ながら私はメイクが好きではない。この化粧っ気のない顔を見て気づいてほしい。

「お断りします。なぜ、初めて会った人にメイクをしてもらわなければならないんですか。意味がわかりません」

「そりゃあ、君がかわいいからだよ」

笹原は、立ち上がろうとする私を制するかのように、こともなげにそう言うと私の手から強引に伝票を奪おうとした。私は手を素早く動かしそれをかわす。

「適当なことを言わないでよ。そんなわけないじゃない」

私は思わず声を荒らげる。私がかわいいわけがない。これまでの人生の中で他人からは一度も言われたこともない。ママからも「あなたはブスだ」と子どものころから毎日言い聞かせられてきた。

「かわいい」

その言葉を口にしてくれるのは、世界でパパ一人だけ……。

湧き上がる苛立ちが抑えきれず、体が震える。

「いや、間違いなくかわいいよ。僕、いい加減そうに見られがちだけど、これでもプロのメイクなんだ。美に関することだけは嘘はつかないよ」

優しく注がれる笑みに押され、睨みつけていた視線を思わず外す。

「まぁ、今の君は確かにかわいくないよ。それは僕も認める。でも僕なら間違いなく君をかわいくしてあげられる」

笹原は、両肩をつかむと、座るように促した。私は素直に腰をおろすと、紅茶に口をつけて気持ちを落ち着かせようとした。

「ね。だから一度だけ、僕にチャンス頂戴。すぐそこの美容院で、三十分ぐらいで終わるから。もちろん料金も取らない。なんなら証明書でも書こうか?」

笹原は顔を近づけて、ささやくような声で言った。

(私がかわいく? そんなわけ……)

「地味」「あか抜けない」「気分を落ち込ませる顔」など、これまでに周囲から浴びせられてきたさまざまな言葉が頭の中で渦巻く。笹原は必死に言葉を並べ、説得を続けているようだが、その内容はちっとも頭の中に入ってこなかった。

笹原は、ふいにテーブルの上に置いてあった私の腕にそっと触れた。

「ねぇ聞いてる？　えっと……」

「美生です。藤崎美生」

「美生ちゃん。ねぇ、どうかなぁ」

小さな顔を支配しているぱっちりとした二重が真っ直ぐに私に向けられている。何を考えているのかわからない。深い闇《やみ》を携えているような黒目がちの笹原の瞳に引き込まれていく。

（もし、私が少しでもかわいくなったら、パパは喜んでくれるだろうか）

私をかわいいと言ってくれる世界でたった一人の存在を、私は頭の中に思い浮かべる。

幻影が穏やかな笑顔を浮かべた瞬間、私は、こくりと頷いていた。

「よし、なら決まりね。すぐそこの美容院でメイクをしよう」

笹原は席を立つと、今度は優しく私の手から伝票を取り、レジへと進んでいった。

「ほら、思った通りだ」

美容室の隅っこの席で、笹原は満足そうな笑みを浮かべた。

「ねぇシュウちゃん。どうかな？」

通りがかりの美容師に声をかける。鏡越しに覗き込まれ、私は恥ずかしくなって、うつむいた。

「あら、いいじゃん、いいじゃん。そっちの方が絶対いいよ」

早く立ち去ってほしいという私の思いは届かず、その「シュウちゃん」と呼ばれた美容師は角度を変えて、私のことを執拗に見てくる。

「ほんとは、少し、色を軽くしてパーマをかけたいんだけどねぇ。まぁ、今日はここまでかな」

笹原はそう言うと、後ろで束ねていた私の髪ゴムをほどいた。ばさりと広がった髪を、笹原はブラッシングし始めた。

「はい、できあがり」

言葉に導かれるように鏡を見ると、そこには私の知らない私がいた。くりっとした目、血色のいい頬、輝きを放つ唇、いつもより、顔も小さく見える。

「ね、言ったでしょ、君はかわいいって」

心を見透かされたような気がして、思わず頬が赤らむ。

満足そうに何度も頷いている笹原の姿が鏡に映っていた。

笹原はメイク道具を片付け終わると、一転して急によそよそしい態度になり、申し訳なさそうな口調で言葉を発した。

「それで……。本題はここからなんだけど」

笹原は私を奥の事務所へと連れていくと、お茶を差し出し、おもむろに話を切り出した。

「ねぇ。美生ちゃん。風俗をやってみない？　いや、風俗といっても、しっかりとしたところで……」

思わず、飲みかけたお茶を吹き出しそうになる。

(私が風俗？)

今日は、聞き慣れない言葉ばかり聞かされる。

(しっかりとした風俗って何？)

怪訝《けげん》そうな私の思いを引き取るような形で、笹原は説明を始めた。

聞くと、笹原は、会員制のビップな客ばかりを扱ったデリバリーヘルスのようなものを秘密裏に運営しているそうだ。お客は、企業の役員や著名人など、どれも素性のしっかりとした人ばかりで、海外アーティストやスポーツ選手なんかもいるらしい。在籍している女の子もモデルやタレントといった人たちだという。

もともとは、仕事も少なく生活するのが大変なモデルやタレントの卵たちを、なんとかしたくて始めたらしい。

「そんなの、モデルの人たちと一緒とか……私無理ですよ」

必死に抵抗するが、笹原は「そんなことない」の一点張りで、引き下がらなかった。

「俺が見込んだんだ。大丈夫、安心しろ」

笹原の声のトーンが上がる。僕ではなく俺という一人称を笹原から聞いたのは、それが最初で最後だ。思わず興奮してしまった自分に気がついたのか、笹原は苦笑いを浮かべた。

「しばらくの間は、仕事の前は僕がメイクをしてあげる。だからお願い。君しかいないんだよ」

何度も机にこすりつけるようにして、頭を下げた。人からここまでもお願いされた記憶が私にはなかった。それも、こんな年上の男の人に……。私を風俗に引き込むための演技だとしても、心を打つには十分だった。

(風俗って、Hなことするってことだよね……)

そう言えば、パパにも随分と会っていない。満たされない心と体が寂しさを覚えることも少なくなかった。

メイクをしてもらう決意をしたときと同じように、黙ったまま私は頷いた。

あれから四年の月日が流れた。もう今は、笹原が私のことをメイクして送り出すことはない。見よう見まねで覚えて、自分なりにやっている。それなりにはなるが、どうしても笹原のやるようにはうまくいかない。

（今度、わがまま言って、やってもらおうかしら）

そんなことを考えながら、改札をくぐり、駅を出た。十一時を回ろうかというのに、飲食店の多い商店街は、先ほどのオフィス街とは打って変わって、赤ら顔を上気させ大声ではしゃぐサラリーマンや学生で賑わっていた。

私が住んでいるのは、駅から歩いて五分ほどのところにあるタワーマンションだ。エントランスの呼び出し口に鍵をかざすと、「ピッ」という心地よい電子音とともに扉が開いた。

このマンションは、五年前、パパが私に買ってくれたものだ。

「僕はずっと、美生のそばにいて守ってあげられないから」と、セキュリティのしっかりしたところを選んでくれた。オートロックを解除するたびに、パパの優しさを思い出し、心が温かくなる。エレベーターもキーをかざさないとボタンを押せない仕組みになっている。所定の位置にキーをかざすと、エレベーターがやってきた。

二十四階で降りると、上下に二つ付いている鍵を外し、ひんやりとした空気以外、何も出迎えるもののない部屋へと足を踏み入れた。電気をつけると、ベッドと鏡台、テーブルといった必要最低限の家具があるだけで、ほとんど物のない殺風景な部屋が浮かび上がった。窓の外の夜景だけが輝きを放っている。

玄関から真っ直ぐ洗面台に向かうと、メイクを落としにかかった。

「肌のケアだけはしっかりやってね。それも仕事のうちだから」

笹原の言いつけを守り、どんなに面倒くさくても、メイクを落として、保湿クリームと乳液を入念に顔に塗り込むようになった。

鏡にちらりと映った化粧の落ちた自分の顔を見て、「はい、シンデレラタイム終了」と自虐的に呟くと、リビングへと向かった。そして、服を脱ぎ捨てパジャマに着替え、毎日飲めと笹原に言われているピルを水道水で流し込み、ベッドの上に倒れ込んだ。

（この前パパが来たのは二カ月前か……）

パパは個人で企業相手のコンサルタントとかアドバイザーといった仕事をしているそうだ。ほとんどの時間を海外で過ごし、滅多に日本に帰ってこなかった。どんな仕事かは詳しくは聞いていない。何をしていても、パパがパパであれば問題ない。

幾度となく唇を交わし、体の隅々まで舌を這わせ、あらゆる液体を交換し、時間の許す限り求め合ったベッドに顔をうずめ、匂いを嗅《か》ぐ。当たり前だが、もうすでに私の気持ちを優しく撫でるパパの匂いは、微塵《みじん》も感じ取れなかった。

会いたい気持ちが強くなり、それは体の切なさへと変わっていく。布団にもぐると、何かにおびえるように体を丸くして目を閉じた。

朝、いつもと変わらず七時に目が覚めた。顔を洗い、ゆっくりと食事を取る。八時に家を出れば、十分に会社に間に合う。東向きに設《しつら》えられた大きな窓から、朝日がこうこうと差し込んでいる。そこでゆっくりとハーブティーを飲むのが、至福のひと時だった。

夜の仕事以外に、昼間は、ウインダイレクトという中堅の通販会社の受付をしていた。高校を卒業してから、ずっとそこに勤めている。仕事の内容はさして面白くもないが、退屈でもない。持ち家なので、家賃は必要ないし、夜の仕事で十分に食べていくだけのお金は稼げたが、昼間にやることを与えてくれているだけでもありがたかった。

時計の長針が9を指すころ、鏡台の前に腰をかける。会社ではベースメイクに薄い口紅を塗るだけだ。マスカラもチークも塗らない。あまり派手なメイクを好まない社風にかまけて、十分程度で終える。これだけやるだけでも、私にとっては十分に進歩した方だ。

高校までは、まったくと言っていいほどメイクをしなかった。一度、高校のとき、前の席に座っていた大して仲も良くない同級生が、昼休みに気まぐれなのか何なのか、「藤崎さん、メイク映えしそうよねー」と周りの連中と勝手に話を進め始めた。うまく断りきれなかった私は、簡単なメイクを施された。

「あら、いいじゃないねー」

周りもきゃっきゃっと騒ぎ立てる。鏡を見たが、確かに自分でもいつもよりはかわいくなったと思った。胸が高鳴るのを感じた。

「これから、化粧してくればいいのに」

得意げにそう言い放つと、メイクをしてくれた子は満足をしたのか、背を向け、取り巻きたちと、私の知らない人の話題で盛り上がり始めた。

私はメイクを落とさずに、家に帰った。

いつも私のことをブスだと言うママはどんな顔をするだろうか。淡い期待を胸に抱きながら家に着くと、ちょうどママは起きてきたところだった。そのころ彼女は、地元でパブを経営していて明け方まで働いていた。そして、夕方までは寝て、夜からまた働きに出る。ママはいわゆる名家の令嬢で、パブをやっているのは、別にお金に困っていたからではなかった。ただ酒に逃げたかっただけだろうと思う。

ママは、眠そうな目をこすりながら、それでも私の変わった様子をずっと見ていた。しばし沈黙が流れた。

「ふんっ、化粧はブスしかしないんだよ」

そう言い放つと、リビングへと向かっていった。私は、それまで少なからず浮かれていた自分が恥ずかしくなり、洗面所へ行き、急いでメイクを落とした。

彼女に対しての怒りは湧いてこなかった。なぜ学校で落としてこなかったのかという自分自身への後悔の念だけが募ってくる。次の日、いつものようにメイクをせずに学校に行った。

昨日メイクをしたクラスメイトは私の方を一目見やると、一瞬顔をゆがめ、軽くため息をついた。そして、二度と私の方には目を向けなかった。

ママは水商売をしていたにもかかわらず、ほとんど化粧をしなかった。それでも娘の私から見てもきれいだった。起きてから、酒に酔いつぶれて眠るまで、その美しさは変わることはない。

(私はブスだから化粧をしなくちゃならないのよママ)

心の中で、いつもそう呟きながらメイクをしている。

すべての支度を終え、出勤するときだけしている赤ぶちのメガネをかけた。時計を確認すると、八時五分前だった。

ゴムで髪の毛を束ね、「よし」と一言声を上げて、ドアを開けた。

受付嬢というと、会社の看板というイメージがあるが、私の会社の場合は、よく言えばお手伝いさん、悪く言えば雑用係といったところだろうか。

来客への対応だけでなく、会議のときの会議室の管理、郵便物の仕分け、代表電話にかかってきた電話の対応など、社員が手の回らないことをサポートする役目だった。特に通販会社という性質のせいなのか、ユーザーのクレームの電話が直接代表電話にかかってくることもあった。そんなときは、適当に電話の相手をあしらって、サポートセンターへとつなぐことになっているのだが、人によっては、それでは納得せずに、延々と罵倒《ばとう》を浴びせかけてくる。それが嫌で辞める人も多かった。

私はヒステリックなママに幼いころから付き合い、慣れていたからだろうか。特に心を動かされることなく相手の話を聞き、機械的に電話を処理していくことが難しいとも苦痛とも感じなかった。そのため、会社は随分と重宝がってくれ、今では、三人いる受付の中ではまとめ役のポジションになっていた。

「ねぇ、幸彦さんが来るみたいよ」

秘書課からの内線を受けた子が声を弾ませて、隣の女の子に話しかける。

「うそ、やだぁ、どうしよう。堂本さんも一緒かなぁ。今日、もっと化粧ばっちりしてくればよかった」

きゃあきゃあと黄色い声を上げる彼女らを横目に、私はため息をつく。幸彦は、この会社の社長の息子で、ウインダイレクトのカタログ、DMなどの制作を一手に引き受けるグループ会社、シャイニーSの社長をしていた。年はまだ三十代前半だったように思う。社長の息子という肩書きだけでなく、鋭利な刃物のようにシュッとした切れ長の一重の瞳、薄い唇に透けるような白い肌、すらりとした長い手足を携えた容姿も相まって、ウインダイレクトに勤める女子社員の憧れの的だった。

「それで、何時に来て、何番に通すの？」

私は、盛り上がる彼女たちの会話を厳しい口調で遮った。

「あっ……すみません。十五分後で、四階の四〇五です」

電話を受けた女の子は、慌てた様子でそう答えた。叱責《しっせき》をするでもなく、ただ「そう」とだけ答える。そして、やりかけだった郵便の仕分けを終えると、総務部にある各部署が引き取りに来る場所まで郵便物を届けるために、受付カウンターを出る。

「なんなのよ、あいつ……」という声が微かに聞こえたような気がしたが、振り返ることなくエレベーターへと向かった。別に彼女たちにどう思われようと、関係ない。自分は間違ったことは言っていない。自分のやるべきこと、言うべきことを言っただけである。

「幸彦さんが来るのか……」

誰もいないエレベーターの中で思わず声が漏れる。実は、幸彦はこの会社の関係者で唯一、私が風俗で働いていることを知っている人間だった。幸彦が今の会社の社長に就任する二年前、大手広告会社で働いていたときに、一度、相手をしたことがある。その凛々《りり》しく優雅なさまとはギャップのある、とても甘えたセックスを求めてきた。子どもがお気に入りのおもちゃで遊ぶように、何度も何度もしつこく私の体をいじってきた。

まさか、それが自分の今勤めている会社の社長の息子だとは思わなかった。基本、関連している会社の人は避けてもらうように笹原に頼んであったのだが……。

二カ月前、就任の挨拶に来たとき、あのときの人だというのがすぐにわかった。彼は、出迎えた私を見るやいなや、その細い目を丸くしたままじっと見つめていた。

「社長、どうかしましたか？」

「いや、なんでもない……」

一緒に来ていた男に声をかけられ一瞬だけ視線をそらしたが、すぐに私の方へと向き直り、またじっと見据えてくる。

「今日からウインのグループ会社であるシャイニーSの社長を務めることになった、安西幸彦といいます。今日は安西社長に就任の挨拶に伺ったのですが」

同僚の二人は、頬を赤らめて幸彦の顔を見つめるだけで、動く気配がない。

「安西様。お伺いしております。少々お待ちください」

（仕方ない……）

私は目をなるべく合わせないように気を配りながら、秘書課に内線をかけて、お客の到着を伝える。その間も幸彦は視線で私のことを探ってくる。

「そのまま、八階の社長室に来ていただきたいとのことです」

横の男が「わかりました。ありがとうございます」と答え、用意した入館証を受け取ると、幸彦は「これからよろしくお願いします」と深々と頭を下げた。

「行くぞ、堂本」

幸彦は、横にいる同じぐらいの身長の男に声をかける。

私は慌てて「エレベーターまでご案内します」と歩速を速め二人の前に出ると、そのままエレベーターホールまで案内した。ドアが閉まる瞬間、幸彦がやわらかな笑顔を投げかけてきた。そんな気がした。

彼らがエレベーターに乗ったのを確認すると、一斉に周りの子たちが騒ぎ立てる。

「なに、あの二人。ヤバいよ。超カッコいいんだけど。身長が高いし」

「私、あの堂本さんって呼ばれていた人の方がいいなぁ。彫り深いし。マッチョそうだし。

いやーどうしよう」

別にどうもしなくていいんだけど、と心の中で彼女たちの会話につっこみを入れながら、私は、浮かれる二人とは対照的に、心が沈んでいくのを感じた。

（どうしよう、ばれたかな）

ばれて面倒くさくなることになれば辞めればいいだけの話だが、できればそれは避けたかった。別にお金がどうこうというわけではなく、それなりに慣れてきた今の生活を変えたくはなかった。変化に富んだ人生よりも、変わらない毎日を送る方が好きだった。

その後、幸彦が何かを言ってくることもなかったし、社内に私が夜のバイトをしているという噂も回ってはいないようだ。化粧していないし、メガネもかけている。私だとはわからなかったんだろうと思い、とりあえず、深く考えるのをやめようとした。しかし、彼の驚いたような目と、不敵な笑みが心の隅に引っかかっていた。

総務部に荷物を届けて受付に戻ると、ちょうど幸彦が入ってくるところだった。今日も堂本と一緒だ。細身でどこか繊細な作りの幸彦と、目鼻立ちがはっきりとしていて、がっちりとしたスポーツマンタイプの堂本のコンビは、どちらも背が高いこともあり非常に存在感がある。冷静に見て、確かに女の子たちが浮かれるのも頷ける。

今日は堂本が受付での対応をしていた。その間中、幸彦は前回同様じっと私の方を見ている。私は、書き仕事をするふりをして、その視線をやり過ごした。事務処理が終わり、重要なお客用のマニュアルにのっとって、エレベーターまで、案内をする。

エレベーターが来たので、頭を下げて見送った。私とすれ違いざま、幸彦が周りには聞こえないぐらいの声を発した。

「え?」

私は表情をこわばらせて、幸彦を見ようと顔を上げた。しかし、その表情を読み取る間もなく、エレベーターのドアは閉じてしまった。頭の中で、先ほどの幸彦の声がリフレインする。

「まだ、バイトは続けているの?」

確かに彼はそう言ったのだ。

(やっぱり気づいていたんだ)

それでなくても憂鬱《ゆううつ》な満員電車に揺られながら、私はやり場のない不安に襲われていた。どうすればいいのか考えてみても、解決策が出てくるわけではない。考えても無駄だとわかっていても、その悩みは頭の中から出ていってはくれなかった。

幸彦は帰り際、私に目もくれず、さっさと出ていった。特にそのことをネタに脅してくるようなそぶりは見せなかったが……。

(明日が土曜日でよかった)

結論を先送りにすることにし、少しは気が楽になったが、もやもやとした気持ちを抱えたまま、家へと急いだ。

ドアを開けると、電気が煌々《こうこう》とついていて、何やらいい匂いが漂ってくる。今朝、電気を消したかどうかはチェックしたし、何より、この部屋で料理を作るのは世界でただ一人しかいない。先ほどまでの悩みは微塵もなく砕け散った。はやる気持ちを抑えながらパンプスを脱ぎ捨てると、キッチンへと急ぐ。

「パパ」

私はうれしさをありったけ言葉に詰め込んで呼びかける。白のワイシャツ、グレーのスラックスに紺色のエプロンを着けたパパは、鍋の火を止めると私の方を振り向く。色素の薄い茶色の瞳が優しく微笑んでいる。

お互い何もしゃべらず見つめ合う。

久々に会うといつもそう。よく知っているはずなのに、今目の前にいる男の人はなんて素敵なのだろうと、その容姿をまじまじと見つめてしまう。

艶やかな髪、凛々しく伸びる眉、その小さな顔を大胆に支配している大きな目、はっきりとした鼻筋、外国の人と間違えるような彫りの深い顔立ちをしている。知性を感じさせる薄い唇が、やわらかな曲線を描いて微笑んでいるのが、より一層美貌を引き立たせる。

まじまじと美術品を吟味するかのようにパパの顔を確認したあと、ヒステリックなほど喜びを爆発させて、その引き締まった胸に飛び込んだ。

「パパ、パパ」

「おっと」

私の勢いの強さにパパは少しぐらっと体勢を崩したが、すぐにバランスを整えると、たくましい二の腕で私の体をしっかりと抱きしめてくれた。その硬い胸板に顔をぎゅっとくっつけて、何度も頬ずりをする。

「ねぇどうしたの？　急に？　二カ月も連絡くれなかったのに」

私は思いっきり息を吸い込み、パパの匂いを全身で味わう。

「いや……キスしたくなってね。美生と」

「パパ……」

パパは私の手を取ると、まるで、海外の王族が挨拶でもするかのように、手の甲にキスをした。

「ただいま美生」

私は、溢れる愛しさを抑えきれずにパパの唇を奪った。少し乾燥したザラッとした触感を唇や舌で味わう。パパの髪を撫でながら、舌を深くパパの口内にもぐらせる。

体の奥がすでに熱く疼いている。

パパが腕に力を入れ、口を離す。

「美生、おかえりなさいは？　それを言われないと、僕は帰ってきた気になれないよ」

オーバーに眉をひそめる。愛らしい仕草だ。

「うん。ごめんなさい。パパ、おかえり」

私は、満面の笑みで返事をすると、メガネを投げ捨て、また私の舌を今あるべき場所に戻す。今まで何度も味わい尽くしたことのあるぬるついた感触が、妙に心を落ち着かせる。何度も何度も舌を絡め、歯列や歯茎、頬裏、口の隅々まで貪《むさぼ》り尽くす。

「ん……、ん。んぅ」

気持ちよさそうに息を漏らすパパ。私はより一層、舌を激しく動かす。何か中毒性の物質でもあるのだろうか。いくら吸っても飽き足らない。

彼の声をもっと聞きたくて、耳に優しく息を吹きかけた。

「くふぅ……」

パパが気持ちよさそうに息を漏らす。パパの感じるところは私の全身が記憶している。私が、エプロンの上からパパの乳首を触ろうとすると、パパは息を乱しながら、私の手首を強く握った。

「一応、食事も用意しているんだけど……。食べてからじゃぁ……」

「ご飯よりも先がいい……。もう我慢できない。パパがそうさせたんだからね。責任を取ってよ」

「おいおい……」

先ほど息を吹きかけた耳にねっとりと舌を這わせながら、服を脱がす。エプロンを脱がせたところで観念したのか、私を抱きかかえると、優しくベッドにおろしてくれた。パパは自分のシャツと私のブラウスを脱がせながら、私に覆いかぶさってくる。

久々の二人分の重みに、ベッドがうれしそうにきしむのが聞こえる。悦に入りわななく唇を押し付け、幾度か軽く口づけを交わすと、また濃密に舌を絡め合う。

「ん……っ」

私からも息が漏れ、パパの吐き出す甘い音色と混ざっていく。パパは首筋を舐めながらブラジャーのホックを外し、私の胸を手のひらに収めた。

最初は胸を優しく持ち上げ、まるで熟れた果実を愛《め》でるように、優しく撫で回す。

「……あっ……んんんぅー」

電流が流れるような瞬間的な快感が体中を駆け巡った。パパは肩からブラジャーを引き抜くと、両手で胸を揉《も》み上げる。パパの温かな指の感触を堪能するために、神経を胸に集中させ、シルクに包まれたような心地よい肌触りに身を震わせた。

すでに硬く尖《とが》った先端に指を置かれる。私はあまりの気持ちよさに、気を失わないように、首を左右に振った。

もっと欲しい。もっと触って。もっと。私は懇願する代わりに、パパの口に吸いついた。パパには言葉はいらない。すべてわかってくれる。

「あっダメ、いやぁあああー」

紅潮しきった体がびくびくと脈打つ。もっと欲しいと望んでいるのに、口から出るのは、拒絶を示す言葉なのが不思議だ。

パパが指ではなく口で乳首をくわえてくれた。

「あくぅうぅん」

口の周りと同じく唾液でてらてらと輝く胸の先端を指で潰しながら、パパはもう片方の突起物を同じようにしゃぶり始めた。パパが唾液をいっぱいに絡めて舐めると、じゅるじゅると唾液のこすれる心地よい音が響いた。もうすでに私は、何をする力もなくなり、「あぁああ」と喘ぎ声を上げながら、ただダラリとベッドに身を沈めている。

パパはそんな私の姿を見て満足そうに頷くと、片手でスカートを脱がせ、内腿《うちもも》へ手を伸ばした。下着までもう十分に湿っている。内腿をぎゅっと閉じ、これから訪れるであろう強い快楽に備える。

「まだ何もしていないうちから、こんなに濡れているなんて、うれしいよ」

そう言ってもう片方の手で髪を撫でながら、布越しに指で愛撫してきた。くちゅくちゅと恥ずかしい音が鳴り、ひとりでに腰が浮き上がる。

パパは下着の横から指を挿入し、私の秘部を確かめた。そして、愛液を十分に指にまとわせると、全体を優しくこすり始めた。

「あ……はぅん……」

足に力が入り、自分でも信じられないような大きな声が部屋中に響きわたる。その声に興奮したのか、パパの指の動きは激しさを増していく。ショーツを腰からずりおろし、足首からそっと引き抜くと、パパは固く閉じていた私の両脚を左右に開いた。茂みに隠れた膣口から透明な蜜が太腿へと流れていく。パパはそっと泉に口づけをし、熱い息を吹きかける。

「あ……パパ……そんな………っ」

私の蜜口は喜びの雫《しずく》を吐き出しながら、ひくひくと卑猥《ひわい》に震えた。

「見ないで……やだ……恥ずかしい」

「いや。きれいだよ……どんな高級なワインでもかなわない」

そのよくわからないたとえがなぜだかおかしくて、遠くにいってしまいそうになっていた私の意識を引き戻す。

「何よそれ……意味わからない」

パパは苦笑いを浮かべながら照れくさそうに頭を掻《か》くと、今度は、激しく舐めしゃぶってきた。とめどなく溢れる蜜を抑えることはできない。

「はんっつ……あ……だめ……」

舌先を硬く尖らせ、蜜壺の中に侵入すると、柔肉を広げるように、ゆっくりとかき回してくる。

「うぅ……」

パパは手を伸ばすと蜜壺を舐めながらも胸を撫で回す。

「あん……はぁ」

ひくひくと太腿を痙攣《けいれん》させながら、私は喘いだ。これ以上愛撫されると意識が……。

せっかくの久しぶりにパパと愛し合える時間だ。もっとこの目、この耳で、しっかりと感じていたい。しかし、そんな私の思いを知ってか知らずか、パパは舌を動かしながら尖った花芯をも指でこねくり回し始める。

「はぁ」

熱く体を焦がすような衝撃に、軽く意識が飛ぶ。私はシーツをたぐり寄せ、ここに意識を存在させるために、歯で思いっきり噛《か》んだ。

「ダメ、ダメよパパ」

私の息が荒く乱れる。

パパは、今度は顔を離し、胸まで持ってくると、蜜壺に舌の代わりに指を入れ、乳首を軽く甘噛みした。

「あうふん」

私の喘ぎ声はどんどん切なくなっている。

「もうびしょびしょだね。シーツも汚れちゃった。美生……こんなに感じるのはどうして?」

「ああぁん。言わないで……もう、私、私………」

わかっているくせに聞いてくるパパ。先ほどの優しい笑顔が嘘のように、小悪魔のような意地悪さが顔からにじみ出てきている。

限界まで張った乳首に、しっとりと濡れた下腹部。もうわかっている。そろそろこらえられない。パパの指が速さを増していく。

「いいよ、イって。美生のイっているところが見たい」

自然と腰はのけぞり、プルプルと内腿が震える。

「やぁ……あああつはっひぃぃい」

私は全身をビクンビクンとひくつかせて果てた。

かすみがかった視界の奥にいつもの優しい顔に戻ったパパの姿が見える。

パパは休むことなく、また私の乳首を舐めようとする。イったばかりの乳首はあまりにも敏感になりすぎているので、顔を手で押さえてその動きを止めた。

私はゆっくりと息を整えたあと、パパの股間に手を這わせた。肉棒がズボンの下で苦しいのではないかと思うほど膨張している。私は、ズボンをおろすと、屹立《きつりつ》した先端へそっとキスをした。

「お願い」

パパの言葉に促されるように口を開いて先端をちゅうちゅうと吸い、上目遣いでパパを見る。そうやって私が見るのが、パパが好きだから。

「美生のせいで、こんなになっちゃったよ」

硬くなった竿を優しく握り締めながら、先端の窪みを愛でて、それから舌先でちろちろと舐め始める。同時に、強弱をつけながら手を上下に動かす。

「いいよ。美生上手だよ。もっとしてよ」

久しぶりのパパの匂いを鼻孔いっぱいに吸い込んだあと、私は、ゆっくりと肉棒をくわえ込んだ。頬肉で、肉茎をこすりあげると、パパの肉棒は強く脈打ち、口の中でさらに大きくなった。私はそれがうれしくてたまらなかった。

（もっと、もっと大きくなって）

私は欲望のままに、のみ込んでいく。

「はっ……くぅう」

パパは気持ちよさそうな、それでいて苦しそうな複雑な顔をしている。唾液を十分に絡めて、隅々まで味わいながら、陰嚢《いんのう》を優しく揉む。なんともいえない独特のやわらかい感触が心地よかった。パパの肉棒は喜んでいるのか、ビクビクと口の中で暴れた。

（パパ、これ、これが欲しいよう）

私は必死にそう祈りながら、頭を激しくグラインドさせた。

「いいよ……美生。気持ちいい」

その声に、さらに私の体は燃え上がる。夢中になって舐めていると、パパがゆっくりと口を開いた。

「続きは美生の中がいい」

私の体を起こし、パパが唇から肉棒を引き抜く。私の唾液を身にまとった肉棒は、蛍光灯に照らされ光り輝いている。

「早く、私も早く欲しい」

パパは、もう一度、脚を開くと、硬く腫れ上がった亀頭を私の淫らに震える陰唇の隙間に押し当てた。

「……たっぷり濡れている。さっきよりも。美生はいやらしい子だね」

「や……もう……誰のせいよ……」

私は口を尖らせる。するとパパは一瞬困ったような顔をしたが、すぐに笑顔に戻り、ゆっくりとやわらかくほぐれた媚肉を広げながら、先端を上下にぬるぬるとこすりつけてきた。先端が花芯に触れ、また苦しいような快楽が全身を襲ってくる。

「もう、やだ、じらさないで」

腕をつかみ、精一杯媚《こ》びた笑顔を向けると、パパはヌルリと先端を秘穴に押し込み、浅い場所を肉棒でこすりつけた。

「もうお願い、早く」

「奥まで入れてほしくてたまらないという感じだね？」

パパは深く挿入するのではなく、わざと先端部分だけを入れては抜くを繰り返す。体の奥が満たされない思いではちきれそうになる。

「もう……やだ、パパ、意地悪……そんなに……」

私の腰は、パパの肉棒を求めて動くのだが、腰を引いてかわされる。

「美生どうしてほしい？」

甘いささやき。欲望が私の理性を支配し始める。

「入れて、お願い、パパのが欲しい、パパのを奥まで入れてください」

最後はほとんど泣き声で、懇願に近かった。

パパは黙ったまま私の中へぬるりと肉棒を差し込み、私のすべてを愛でるように、ゆっくりと、熱く膨張したものをさらに奥へと押し込んでいく。

「あぁあぁ」

無意識のうちに歓喜の声が口から発せられる。突然現れた強い感覚に、快楽が私の体から溢れ出た。

「ヤダ」

私は全身を硬直させた。うれしさのあまりか、いつの間にか流れ出していた涙をパパが優しくぬぐう。そして、決して二人が離れないように私の腹部を押さえつけながら抽送を始めた。

「………っ美生……」

パパの動きは次第に軽やかになり、ぐりぐりと押し回すように肉棒を突き動かしてくる。

パパは私に体を密着させ、首に手を回すと、奥までねじ込んできた。

「あっ奥、奥に……」

子宮に肉棒がキスをするような感覚を覚える。

「もっと、もっとがいいの」

私は自ら腰を揺らしてもだえる。

「こんなに欲しがって悪い子だ。お仕置きが必要だね」

パパはそれまでゆったりとしていた動きを速めた。

「ああぁあ、パパ、ごめんなさい、ごめんなさい」

脳が呆けるような快感が背筋を撫で上げていく。

「美生。触ってごらん。つながっているよ」

私の体を抱き上げると、少し腰を引き、私の手を結合部へといざなう。

「うん。つながっているね。パパと私のぴったりだね」

いいようのない幸福感に包まれると、私は体を欲望で染め上げた。足をパパの腰に回し、もっと密着するように力を入れた。

「くぅ」

パパの顔がまたゆがんだ。いいの。我慢しなくて。出していいのに。パパはまるで、気を紛らわせるように私の乳首を刺激する。やるせない刺激が断続的に襲ってくる。

「はぁはぁはぁ」

熱に浮かされたように、だんだんと目がかすんできた。

「……パパ…私もう」

「美生、美生」

パパが何度も私の名前を呼ぶ。私はそれにうんうんと頷く。それがお互いの限界の合図だった。

「……ん……んんんんだめ、もう、私……」

「……っ美生っもう、出る」

パパの体の熱が私にも伝染してくる。苦しく息が乱れ、下腹部がふわりと膨らんだような感覚を覚えたところで、パパは素早く肉棒を抜き、火照った体に熱いしぶきを滴らせた。

（パパ、こんなにいっぱい）

全身に幸福のシャワーを浴びたところで、私の意識はまどろみの中へといざなわれた。

「はぁはぁ……」

私をぎゅっと抱きしめながら、パパは酸素を求めるように全身を震わせて荒々しく呼吸している。そんなパパの行為が愛しくて、私は、念入りに、パパの体中に口づけをした。

（こうしていつまでも抱き合っていたい）

そう思いながら、私は安息の眠りについた。

どれくらい時間が経っただろうか。香ばしい香りに包まれて、私は目を覚ました。力がなかなか入らなかったが、目をこすりながらやっとのことで、体を起こす。

シーツに二人の体液でできた染みが、まるで祭りのあとの残骸《ざんがい》のように見えた。

私は大きくひと伸びをすると、匂いをたぐりながらキッチンへと向かう。上半身は裸で、スラックスにエプロンだけというなんとも奇妙な格好で、パパは料理を作っていた。

「おはよう。ちょうどよかったよ。もう少しでできあがるところだ」

鼻歌交じりに、お玉で鍋をかき回す。私は、後ろからぎゅっとパパの背中を抱きしめた。

「パパ……愛してる」

心の中の思いを目いっぱい詰め込んで、そう告げる。

パパはお玉から手を離し、そっと手を握ってくれた。

週末、私は、パパの愛を体に刻み込むことに夢中になった。


「今日は、外泊しようか」

月曜日の朝、会社の支度を早めに済ませ、パパが作ってくれたハムエッグをほおばっていたときのことだった。

（えっ今なんて言った？）

私は驚きで丸くなった目でパパを見つめると、パパはコーヒーを飲みながら新聞に落としていた視線をこちらに向けて「どう？」と改めて尋ねてきた。

パパとは滅多に外で会わない。大体がこの部屋で愛し合う。パパがそれでいいなら私は構わないと思っていたが、突然のデートの申し出は、私の胸をときめかせた。

口からハムが飛び出した状態で何度も頷くと、「こら、頷くならのみ込んでからにしなさい」と言って愛おしそうに私を見つめたあと、「犬みたいだな」と笑ってくれた。

私は午前中からそわそわと時計を気にしながら、仕事をやり過ごす。時計が五時を指すと、「お疲れ様でした」と他の女の子たちに頭を下げ、すぐに会社のロッカーで私服に着替えた。いつもゆっくりと着替える私が、慌てて出ていくのを不思議そうに見つめる姿が目の端に入ったが、気にせずそのままロッカーを出た。

（だって今日は、パパとデートなんだもの）

私は、心の中でそう呟くと、駆け足で家に戻った。

家には誰もいない。パパは商談があるらしく、ホテルのロビーで待ち合わせをしている。家から一緒に行くのもいいが、待ち合わせる方がデートらしくていい。

（思いっきり着飾っていくんだから）

鼻歌交じりで化粧をし直すと、パパが前に買ってくれた黒いパーティードレスに着替え、スプリングコートを羽織る。そして、今回のお土産といってもらった指輪を薬指にはめた。パパが好きなので、髪はアップにして、足元は滅多に履かないピンヒールだ。メガネからコンタクトに変えると、家を出た。

オフィスビルの合間にそびえ立つシティーホテルに入ると、黒のタキシードを着込んだパパが立ち上がって出迎えてくれた。

「パパ」

すぐにでも駆け寄りたい気持ちをピンヒールが邪魔をする。パパが眉間にしわを寄せて、

「焦るなよ、転ぶから」と無言で訴えかけてくる。ようやく、パパのところまでたどり着くと、腕にベッタリと巻きつく。パパという言葉が気になったのだろうか。周りから好奇の視線を浴びていることに気がついたが、気にしない。パパと私の関係は、パパと私のものだから。


ホテルの最上階にある鉄板焼きのお店に行くことになった。

「パパ、これつけてみて！　このドレッシングすっごくおいしい」

単なる温野菜の盛り合わせだと思ったが、あまりのおいしさに思わず大声を上げてしまった。それでなくても、お酒を飲んで赤くなっていた体の色味がさらに増す。しかし、パパは周りのことを気にする様子もなく、私だけを見つめ続けてくれた。

「ほら、慌てるなよ。誰も取らないからさ」

そう言って身を乗り出すと、自分のナプキンで私の口の脇を拭いてくれた。

「もう、子ども扱いしないでよ」

口を尖らせてふてくされてみたが、単なる照れ隠しでしかない。パパの前ではいつまでも子どものままでいたかった。

その後、ステーキとワインを二人で一本空け、満腹感とお酒による高揚感に包まれながら、レストランを後にした。

「お腹いっぱい」

私は、パパの腕を取ると、その身に体重を預けた。パパは何も言わずに、私の体を支えながら、スイートルームへ案内してくれた。明かりを落とした室内に浮かび上がる抽象画や大型の液晶テレビ、十人以上は腰掛けられるのではないかと思われるソファーの数々、ふかふかの布団。仕事で来慣れているはずなのに、今日はとても新鮮に映る。

「ねぇ見てみて、すごくきれいなの」

私がはしゃぎながら、窓際に立って夜景に目をやっていると、パパが私を後ろから抱きしめてきた。そして、しばらくそのまま動かない。お酒のせいなのか、いつもよりもその手の温度は熱く感じられた。しばらくすると、腰を抱いていた手がおもむろに動き始める。服の上から優しくお腹を撫でる。そして徐々に上へと手を移動させると、胸を揉みながら、ブラジャーのホックを外した。

「ちょっと、パパ。ここだと他のビルから見えちゃうかもしれないよ」

パパがこくりと頷いたのが背中で感じられた。しかし、手は、一様に胸を撫でたあと、私の太腿をゆっくりと撫でさすっていた。

「大丈夫。日本のサラリーマンは真面目だからね。仕事中に外なんて眺めていないさ」

（真面目じゃない日本のサラリーマンが、ここにいるんですけど）

とりあえず、太腿を触るパパの腕をつかんで動きを制してみる。戸惑いのある力なき腕をあっさりと振りほどくと、パパの手はより一層動きが速くなった。

「今夜は紐で留めるタイプの下着をはいているんだね。かわいいよ美生」

パパが甘えてくるような口調でかわいいと言ってくれるのがうれしかった。そして、窓越しに、私のことをじっと見つめながら、下着をまさぐる。

「ちょっと、パパ。こんなところで」

パパの手は止まらない。ショーツの上から今日は荒々しく指をこすりつける。

「やぁ……ん。ちょと、こんなところで」

パパは大丈夫だと言っていたが、向かいの高層ビルにはまだ電気のついているフロアが何個もあり、人影もちらほらうかがえる。

「美生、かわいいよ、美生」

「ちょっと、いや」

パパがショーツの横にあるリボンをつかんでいたため、私が身をくねらせた勢いで、リボンは簡単にほどけた。「きゃ」と私は小さく悲鳴を上げる。すでに濡れそぼっている私の秘部が空気にさらされる。ひんやりとした感触に思わず身震いをする。そして、もう片方のリボンに指をかける。

「ちょっと、パパったら」

私は、もう一度、大きな窓ガラスに手をついたままパパの手を力なく握ってみる。

(どうしたんだろう。今日のパパ。いつもならやめているのに)

お酒が入っているからだろうか。息を荒くさせて一向にやめる気配がない。

「もうパパひどい」

私がそう言うと、耳たぶを甘噛みし、耳の穴に舌を入れてくる。

「くふぅん」

こそばゆい、甘い快楽がじんわりと全身へと拡散していく。

「そう、僕はひどい男なんだ」

少し、いつもと違う低くかすれた声でささやきながら、ショーツをかろうじて太腿にとどめていた、もう片方のリボンもほどいた。ひらりと舞いながら、レースのついた布切れが力なく足元に落ちる。

そのとき、向かいの高層ビルの窓際に人影が見えた。

「ちょっとパパ、見て、ほら、あの人が見てるかもしれないよ」

パパは黙ったまま首を振ると、ドレスをまくりあげ、窓に、私の覆い隠すことのなくなった秘部を映し出す。

「ひぃ……」

恥ずかしさで、全身がみるみる紅潮していく。隠そうと下半身に持っていった手を力強く制すると、パパはそのまま露わになった私の無防備な場所に、指を当て、茂みをかき分けて進んでいく。

（あ、これ以上触られると。お願い、やめて）

体をくねらせて、拒絶の意を表すのだが、私の願いも空しく花びらを指で押し広げられる。蜜穴を親指と人差し指で弄《もてあそ》ぶと、溢れ出る蜜をねっとりと媚豆にこすりつけてきた。

「あんっつ、パパ……。もう……」

体が自分のものではないように熱くなる。

「ダメだよ。人が見てるのにイったりしたら」

言葉とは裏腹に、パパは指先を器用に動かし、私を責め立てる。興奮に膨れた媚豆を弄ばれると、その指がもっと気持ちいい場所に当たるように自然と腰が動く。媚豆の包皮が剥《む》かれ、長い指がむき出しになった欲望を直接弄ぶ。

「……はぁ、もう、もう許して……」

うっすらと汗ばんだ体をがくがくと揺らしながら、なんとか姿勢を保とうとする。生まれたての子鹿のように、足は滑稽《こっけい》なほど、内股になっている。

濡れそぼった蜜穴に、長い中指が押し込まれた。

「もうやだ。パパやめてよ」

(あぁ、見られてる、見られてるよぉ)

パパの指で奥深くまで貫かれる。内側から押し広げられるように、秘壁を指がかき回していく。

「美生、物欲しそうにしているよ」

そう言うと、さらに人差し指を私のとろけた穴に差し込んできた。体はパパの愛撫に素直に反応をする。

「あ、あぁ、もういじらないで。私もうこれ以上は」

高まりが止められない。やだ、恥ずかしい。そう思っているのに、肉壁がうねって、求めるようにパパの指を締め付けている。

「はうっ！」

私は短く声を上げ、両膝を震わせると、体を支えきれなくなり、膝をついた。もう力が入らない。私の秘部から噴き出した透明な蜜が、パパの指を濡らし、さらにはその高級そうな絨毯《じゅうたん》の上に滴り落ちる。

「我慢の足りないお嬢様だ」

その声に振り返ると、パパは崩れ落ちた私の姿をしばらくじっくりと愛でていた。そして、息が整うのを待つと、脇に手を当て、もう一度私を立たせ、窓に手をつかせた。

（もう、もう無理よパパ……）

「美生、かわいい。大好きだよ」

パパは、私の胸を揉み、硬くなった突起をつまんだ。

イったあとの感じやすくなった乳首を強く触られ、私の体を痛みにも似た快楽が走る。

「くうぅぅうん」

思わず、大きな声が漏れた。さすがに声まで聞こえていないだろうが、窓際にいた人がこっちを見た気がした。

「ここも気持ちいいの？　本当にいやらしい子だ」

意地悪くパパはそう言うと、ドレスを腰までめくりあげ、ホックが外れているブラジャーの隙間から手を差し込んで私の胸にじかに触れた。耳元にあるパパの唇から荒い息遣いが聞こえる。

「ねぇパパ。許して」

パパは首筋に強く吸いついた。その激しいキスの嵐に、私の体はもう一度とろけていった。

「どうしてほしいか言わないと、キスマークをつけるよ」

それは、私は構わない。会社の人になんて言われようが。しかし、パパはそんな言葉を望んでいない。パパはすでに下半身をさらけ出していた。パパの肉棒は、猛りきっており、かさ高な亀頭が大きく膨れ上がっていた。

「お願いします。抱いてください」

「いいのか、もしかしたら、見られるかもしれないよ」

「は……い。見られても構いませんから、今すぐ、後ろから」

「後ろから？　どうするの？　こうしてほしいの？」

そう言うと、また指を蜜穴に入れ、激しく抽送し始めた。グチュグチュと泡立った蜜が溢れていく。

「……あ、ふ……、んぅ、そ、それではなく」

もはや、いくら指でいじられようとも切なさが募るだけであった。肉壁は、パパを求めて顫動《せんどう》を始めていた。

「それではなく……」

「それではなく？」

すでに私のお尻には、パパの硬いものが当たっている。

あとは、ドレスのスカート部分をめくりあげて、腰を少し前に突き出すだけなのに、どうしても私の口からねだらせたいのだ。

「パパの……熱いものを私の中に……」

そう口にした直後、パパの愛の証しが、私の中に滑り込んできた。

「ひぃぃぃぃ」

凄まじい快楽が全身を貫き、悲鳴にも似た喘ぎ声を上げる。

パパは荒々しく腰を振ってくる。肌と肌がぶつかり合う乾いた音が、広い、スイートルームの部屋中に響きわたった。

(見て、パパと私がつながっているところを)

頭の中をその思いでいっぱいにしながら、前のビルを見る。

「周りのやつにも見せてやる。どれだけ美生を愛しているか」

パパも同じ気持ちだったのがうれしかった。

パパの動きが激しくなっていく。肉棒に圧迫される感触が、こらえきれないほどの愉楽をもたらしてくれる。

「パパ、パパ、愛してる………くぅぅうぅぅ」

パパは今にも精を吐き出してしまいそうなほど、激しく腰を振ってくる。くぐもった水音が、パパに抱かれてはしたなくなっている自分を証明してくれる。

(パパだから、パパだからだよ……)

「美生、美生、愛してる、愛してるよ」

(うん、私も、私も、パパのこと愛している)

大声でそう叫びたいのだが、喘ぐのに必死で言葉にならない。

やがて、パパの肉棒が中で大きくなったように感じると、それに合わせるように私の肉壁がきゅっとすぼまっていく。とろけてしまうような愉楽に、私の足はもはや立っていられなかった。そのまま四つん這いになると、私は、自ら奥に当たるように、腰を激しく動かした。

(パパ、出して、私をパパで満たして)

下腹部に力を入れて、パパの射精を促す。

「美生、出すよ」

(うん。欲しいの。いっぱい。パパのものが……)

「ひくぅぅ」

私が力なく最後の一声を上げたと同時に、パパのしぶきが全身に注がれた。淫靡《いんび》な香りが、私の鼻を優しくくすぐった。私は遠のく意識の中で、目の前の夜景と自分が溶け合っていく感覚に陥りながら、そのまま眠りについた。

朝、目が覚めると、私はベッドの中にいた。ここ数日は感じなかったひんやりとした空気にはっとし、辺りを見渡す。私は、裸のままで、部屋中を捜したが、どこにもパパの姿が見当たらない。ふと、サイドテーブルにメモが一枚置いてあるのが目に入った。

「美生、愛している。次は、三カ月後には帰ってくる」

見送りはしない。切なくなり、離れている間に、会いたくてたまらなくなるから。それが、二人の暗黙のルールだった。

（なんだ、そういうことか）

私は、昨日の私を抱いているときの甘えたパパの様子を思い出しながら、その几帳面な文字をそっと撫でた。

第二章

　パパがいなくなると、いつもそう。私は、夜の仕事をいつも以上に入れた。別に、やけを起こしているわけではない。パパと体を重ねることによって一度ついてしまった体の火照りは、なかなか収まらないのだ。私はパパを思いながら、多くの男の人に抱かれて、心を徐々に落ち着かせていく。

　パパも、私がこの仕事をしていることは知っている。

「私、夜の仕事をしているの」

　パパに隠し事をするなんて到底できそうにないので、私は、始めるとすぐに、パパに報告をした。

　パパは戸惑いの表情を浮かべながらも黙って私の話を聞いてくれたあと、「お金が足りないのか？」と優しい口調で尋ねてきた。

私がその黒目がちな瞳をじっと見据えながら首を横に振ると、「そうか」とだけ呟いて、それ以上は何も言うことはなかった。

「どうしたの？　浮かない顔して。違う感じの方がよかった？」

笹原が、その細くて長い指を私の髪の毛に絡めながら、尋ねてくる。その日、私は久しぶりに、夜の出勤の前、笹原にメイクをしてもらっていた。自分で頼んでおきながら、今まで考え事ばかりして、笹原のメイクに目を向けていなかったことに気がついた。あらかたメイクは終わっていて、いつものように、仮初《かりそ》めのお姫様となった自分が鏡の中にいた。

私は、思い出したように笑顔を浮かべて首を振る。

「ううん。ごめんなさい。大丈夫。やっぱり、すごいよね。笹原さんって」

そう言うと、笹原は大袈裟《おおげさ》に得意げな表情を浮かべる。

「今日で出勤、四回目だよね。たまに、あるよね。美生ちゃんが、仕事いっぱいする時期って。なんかあった？」

軽くウエーブをかけてもらった髪を優しくブラッシングしながら、笹原は、さも心配していないふうを装いながら、尋ねてきた。

「ううん。大丈夫よ。そんなときもあるでしょ。私だって女なんだから」

努めて明るく振る舞ってみる。笹原はいつもそうだった。普段は、「入れる日は、がんがん入ってくれると助かるんだけど」と言いながらも、いざ私が多く出勤をすると、心配をしてくる。お世話になっておいてなんだが、あまりこの仕事に向いていないのではないかと思ってしまう。ただ、その優しさはうれしかった。

「なんだよ。やっぱりなんかあったのか？　男か？　彼氏とうまくいってないとか」

珍しく、踏み込んでくる。よっぽど私の顔が浮かなかったのだろう。パパのことはもちろん笹原に言ってないし、プライベートのことを、笹原もほとんど聞いてこない。

「だから大丈夫だって。あ、笹原さん。もう少し、あと一センチでいいから、前髪を短くしてくれない？」

別に、今のままで何の不満もなかったのだが、話をそらしたくて、わざと注文した。私の意図をくみ取ってくれたのか、大きく息を吐いて、「まぁいいけど。なんか話したいことがあるときは、遠慮なくどうぞ」と言って、申し訳程度に髪を切ると、それ以降は口を開かずに、最後まで仕上げてくれた。

「はい、終わり。今日は、地方でスーパーマーケットを経営している四十代の人ね。Wホテルの二〇一三号室に八時だから。電車で向かってもらってもいいかな。結構、礼儀にうるさい人だから言葉遣いだけは気をつけてね」

肩をぽんっと叩くと、笹原は私を元気づけるためか、わざとらしいほど満面の笑みを浮かべた。

「ありがとう。笹原さん」

私も、感謝の意を込めて少し大きめの声で言うと、ゆっくりと立ち上がった。

「それではいってらっしゃいませ、お姫様」

いつものように仰々しく挨拶をして送り出そうとしたとき、「あと……」と言葉を続けた。

「愛とは相手に変わることを要求せず、相手をありのままに受け入れることらしいよ」

突然の言葉に、私は笹原の方を振り返って、まじまじとその顔を見つめる。

「何それ？　笹原さんの名言？」

「いや……。昔の小説家かなんかの言葉」

（照れるぐらいなら言わなきゃいいのに）

頬がほんのり赤く染まり、目が泳いでいる。十は年が上だが、その姿はまるで女の子と初めて話す中学生のような感じで愛らしかった。

（気を使わせちゃったね）

「よくわかんないよ」

私は、笑いながらそう答えると、そのまま美容室を後にした。

（愛とは相手に変わることを要求せず、相手をありのままに受け入れることか……）

帰宅帰りの人間でごった返す電車に揺られながら、私は笹原の言葉を思い出していた。パパとの今の関係を、私は十分に受け入れているつもりでいた。パパが、パパのままで私のそばにいてくれることが何よりの私の喜びであるとわかっている。それでも、パパがいなくなると、どうしても「もっとそばにいてほしい」という思いが湧き上がってしまう。しかし、その思いは、私の心の奥底にしまっておかなければならない。それを言ってしまうと、今までのパパと私の関係が変わってしまう。そんな気がするのだ……。

（どこかの小説家さん。愛って難しいね）

流れゆくビル群を眺めながら、私は、心の中でそう呟いた。

翌日、朝早く会社に行くと、珍しく他の二人がすでに受付にいて、騒いでいる姿が目に入った。私が挨拶をしたのも、まるで聞こえていないようで、ノートパソコンの画面に見入っている。受付には、今日の来客予定が各部署からメールで送られてくる。それを整理して一日のスケジュールを立てるのが、朝、出勤をしてから一番の仕事である。

「どうしよう、十三時だって。私、お昼の休憩時間なんだけど。ねぇ、代わってよ」

「いやよ絶対」

そろそろ、会社が始業時間に入ろうかというのに、彼女たちのおしゃべりは止まらない。

（これで、私より年上だというのだから信じられない）

あきれてものが言えない。私は深くため息をつくと、彼女たちの隣にわざと大きな音を立てながら腰をかけた。彼女たちはびくりとして私の方を向く。

「あっ美生ちゃん。おはよう……」

気まずそうに挨拶を交わしてきた彼女たちに向き直り、メガネの奥の瞳をきゅっと引き締めて、わざとらしく深々ともう一度挨拶をする。

「おはようございます。今日の予定、見せてもらってもいいですか？」

そう言って、ノートパソコンに目をやる。ようやく、いつものように静寂が流れたと思ったら、女の子の一人が口を開いた。

「ねぇ美生ちゃん。今日、お昼休憩十二時からでしょ？　私、今日、朝ご飯食べられなくて、お腹空いちゃって。お願いだから十三時の休憩と代わってくれない？」

珍しく話しかけてきたかと思いきや、そんなくだらない用事だ。別に構わないが、何を突然そんなことを言い始めるのか。もう一人は「え〜」と彼女の発言に驚いてみせる。別に構わないのだが、何か釈然としない思いを抱えて、今日の予定をチェックしていると、十三時の来客の欄に、「安西幸彦×二名　打ち合わせ、四〇一会議室　販売促進部」と書かれてある。

（なるほど、そういうことか）

わざわざ嘘をついてまで、一目見たいのかと苦笑いを浮かべそうになったのだが、幸彦に会わなくて済むのは、こちらとしても願ったりかなったりである。パパのことで、すっかり幸彦のことは頭の外に追いやったままだった。

「まだ、バイトしているの？」

前回会ったときに、去り際に言われたセリフが頭の中に蘇る。

「別にいいですよ。なら、十三時に人が来るようなので、十二時五十分までに戻ってきてもらえば」

女の子の目が輝く。彼女は私の手を握ると、「ほんとに？　ありがとう。助かったよ」と大きな声を出した。私がその声の大きさに眉をひそめる。彼女は、照れ笑いを浮かべながら「本当にありがとう。もう今もお腹ぺこぺこで倒れそうなのよ」と言って顔をわざとらしくしかめながら、お腹の辺りをさすった。

私はあきれ顔にならないように気を配りながら、通常の業務を開始した。

いつもは三十分ぐらいで済ませる昼休憩を、たっぷり一時間利用して会社に戻った。女の子たちは飽きもせず、幸彦や堂本の話をして盛り上がっている。よくそこまで話すネタがあるものだ。

　そのとき、内線が鳴り響いた。

「はい、受付です」

　私は、いつも通りの仕事用の声でしっかりと答えたのだが、受話器の向こうからは反応がない。視線を落として確かめてみたが、通話中となっている。

「もしもし」と言いかけたときに声が聞こえてきた。

「あの、会議室四〇一ですが、ちょっと商品のパッケージについて、社内の受付の方の意見を聞きたいのですが」

　聞き慣れない声だ。新入社員だろうか。「若い女の子の意見を聞きたい」と販売促進部の方から意見を求められることはあったが、たまたま社内で会ったときに聞かれたり、受付で聞かれたりするぐらいであり、会議に呼ばれることなど今までに一度もない。

「何人で、お伺いすればよろしいでしょうか？」

「お一人、来ていただければ大丈夫です。できれば一番年齢の若い方をお願いします」

　意見を聞くのであれば大勢の方がいいのではないだろうかと思ったが、それはこちらが意見をすることではない。四〇一会議室といえば、幸彦がいる。気持ちがざわついていたが、大して今忙しいわけではない。断る理由が見つからなかった。

「承知しました」

私は、内線を切ると、深くため息をついた。一番若いといえば、私になる。それに、対外的な人間との接触は、受付で一番歴が長い私がなるべく行うことになっていた。

「すみません。会議室からお呼びがかかったので行ってきます」

私も行きたいと言い始めるかと思ったが、幸彦の会議とは感づかなかったのか、「ああそうですか。よろしくお願いします」とおざなりな挨拶をし、雑談に興じ始めた。

（まさか、大勢の前で私の秘密をバラすということはないだろう）

エレベーターで四階に着くと、重い足取りで、会議室へと向かう。そして「会議中」と書かれたドアの前まで行くと、軽くノックをした。

「失礼します」

「入ってくれ」

中から声が聞こえてきたのを確認すると、扉を開けた。お辞儀をしてから部屋の中を見回しても誰もいない。十畳ほどの会議室には、さっきまで会議が行われていたのか、椅子が乱雑になっており、テーブルには飲みかけのお茶がいくつか置かれてあった。

（あれ？）

状況を確認するために、二、三歩中に入った瞬間、扉が閉まり鍵のかかる音がした。振り向くと、堂本と薄ら笑いを浮かべた幸彦が壁にもたれかかってこちらを見ていた。

（まずい……）

私はスカートを握り締め、一瞬で噴き出た手の汗を拭いた。そして、動揺を隠すように、努めて毅然《きぜん》とした態度を取るように自分に言い聞かせてから言葉を紡いだ。

「こちらに、パッケージについての意見が欲しいと言われて来たのですが、もう会議は済んだようですね。それでは失礼します」

ドアに向かおうとすると、当然といえば当然だが、堂本がその長い腕を横一文字に伸ばし、私の行く手を遮った。

「いやいや、これからが会議の本番ですよ。さやさん」

幸彦はゆっくりと近づくと、指でくっと私の顎を上げて、無理やり、自分と目を合わせた。私は一瞬目をそらせたが、思い直して、思い切り幸彦を睨みつけた。

（ここで怯《ひる》んではダメだ）

「さや」は、笹原が付けてくれた私の夜の名前である。幸彦はニヤリと笑うと「まぁ、そんなに怖い顔をしなくていいじゃないか。とりあえず、立ち話もなんだから、座りなよ」と言って、そばの椅子を引き、私に座るように促した。言う通りにおとなしく座ると、自分は私のすぐ隣の机に腰をかけ、上から私を見下ろした。

「昨日は、Wホテルで何をしていたの?」

(なぜ、それを……)

昨日は確かに、Wホテルで仕事をしている。どうすれば、と考えるよりも先に口が動いた。

「何のことでしょうか。Wホテルって何ですか? 昨日はすぐに家に帰りましたが」

幸彦は眉をぴくりと動かすと、「ほう」と一声上げた。顔はまだ薄ら笑いを浮かべたままだ。

「用件がないのであれば、失礼します」

私が腰を上げると、幸彦は両手で私の肩をぐっと押さえつけた。

「話は最後まで聞いてほしいのだけど。堂本君。資料を持ってきてくれ」

堂本は、「わかりました」と言って、向かいの椅子の上に置いてあった鞄の中から、薄茶色の封筒を取り出し、その中から何枚か写真を取り出して、私の前に並べた。見なくても、そこに何が写っているのかは想像がつく。驚いたのは、思ったよりも画像が鮮明であったことぐらいだ。そこには、今とは違い、着飾った私がWホテルに入っていく姿が写っていた。

「これが私とは思えませんが」

（とぼけてやり過ごすしかない）

私は、わざと写真をまじまじと見てから、さらりと答えた。

「彼女はそう言っているが……。どうなのかなー堂本君」

おちょくるような口調がカンに障る。堂本は笑いたいのを抑えているのか、口端が微妙に上がっている。

「私が人を使って調べたところによると、さやさん。いや、藤崎美生さんは昨日会社を出られたあと、渋谷の美容室に行って、そこでメガネを外し、電車に乗って、Wホテルに向かわれています」

堂本は、話しながら、ご丁寧に、その内容に沿って、会社を出るところ、美容室に入る前、入ったあとなどの私の写真を一枚一枚、封筒の中から提示した。私はそのとき、初めて恐怖が芽生えた。ホテルに入ったからどうなのかと言おうと思ったが、この調子だと簡単に論破されるのは間違いない。

「脅す気ですか？」

気丈に言うつもりが、声のトーンが随分と下がってしまった。幸彦は、その怜悧《れいり》な輝きを放つ瞳を目いっぱい広げて、首を横に振りながら、コメディ映画の一幕のような仰々しい驚きの仕草を見せた。

「脅すなんて、そんな物騒なことじゃないよ。誤解しないでほしい」

幸彦は、節くれだってはいるが、すらりと伸びた指を私の頬に当てた。ひんやりとした感覚が頬に刻まれ、私は身を硬くする。

「僕はね、美生さん。君のことが非常に気に入ったんだよ。初めて会ったときからね。僕は自分で言うのもなんだが、結構いろいろな女の人を抱いてきたけど、あの夜ほどすべてを解放できた日はなかった」

それまでのあざけるかのような視線が嘘のように、瞳は優しさを携えている。その姿に一瞬、脅されているのも忘れ、見惚れそうになる。ふいに、幸彦の手が私の顎に伸びると、唇を親指でそっと撫でた。

「くっ」

私は首を素早く振り、その手をほどく。しかし、幸彦は一切表情を変えずに、じっと私のことを見つめている。その視線とはまた別の視線を感じ、そちらの方に目を向けると、堂本が、幸彦とは真逆の敵意のこもった視線を投げている。私が視線を合わせると、より一層力強く睨みつけてきた。

「幸彦は、お前と結婚を考えてもいいと言っている。よかったな。これでお前も社長夫人だ。ほんと、こんなに薄汚れたシンデレラがいてもいいのだろうか」

堂本は、吐き捨てるようにそう言うと、幸彦に視線を移した。薄汚れた女と罵《ののし》られたことよりも、堂本の態度の豹変ぶりが気になった。幸彦と呼び捨てで呼んでいたし、そのふてぶてしい態度は、自分の会社の社長に対するものとは到底思えない。慣れているのか、これが本来の二人の関係なのか、幸彦もその変化をまったく気にする様子がない。

「おいおい堂本、シンデレラはいいが、『薄汚れた』はないだろうよ。僕の好きな人に対して」

幸彦は笑いながらそう言ったが、堂本は「ふん」と一言でその言葉をあしらうと、不機嫌さを強調するかのように、そっぽを向いた。その様子を私が戸惑いの表情を浮かべながら見ていると、幸彦は座っていた机の上から下り、顔をすぐ私の隣に持ってきて語り始めた。

近くで見ると、悔しいが少女漫画にでも出てきそうな端正な顔立ちに、どきりとさせられる。

「堂本は僕の幼馴染みでね。まぁ小さいときから口が悪いやつなんだ。許してあげて。それでどうだろう。堂本の言っていることは本当だよ」

息が耳にかかった。くすぐったくて思わず身震いをする。

「僕は君と結婚してもいいとまで思っている。まぁ最初はお付き合いからということになるだろうけど」

突然の話に頭がついていかない。会社に内緒で行っている夜のバイトの話から、いつの間にか結婚の話になっている。

（こんな私に結婚なんて、なんという物好き）

ちらりと目の端で隣にある幸彦の顔を盗み見たが、余裕の表情でこちらを見ている。彼の発言が、本気かどうかわからない。私と結婚して、彼に何のメリットがあるというのだろうか。いずれにせよ、答えは決まっている。

「ごめんなさい。それはできないわ。私は一生結婚をしないって決めているの」

きっぱりとした口調でそう言うと、そっぽを向いていた堂本が瞬時にこちらに向き直り、驚きの表情を投げかけた。

「なぜだい？」

動揺をしているのか、その言葉には、それまでのあざけるような、余裕のあるような調子はなかった。

なぜもない。私はパパと一生を添い遂げる。これはもはや運命や宿命に近いものであると思っている。それ以外の人生など考えられなかった。

「そう決めているの。ただそれだけ……」

「結婚を約束している人や付き合っている人がいるということ?」

要領を得ない状況に苛立ちを覚えてきたのか、幸彦の口調からとげとげしいものを感じた。私はうつむいたまま首を振る。結婚の約束をしているわけでもないし、恋人というのも少し違う。

すぐ横で幸彦が深いため息をついたのがわかった。

「わかった。なら、夜のバイトの件は社長に言わなければね」

「やっぱり脅すのね」

「脅すのではない。身内なら助けるというだけのことだよ」

何も言うことがなく、ただ睨みつけて、敵意をむき出しにすることだけしかできなかった。幸彦も黙ってその視線を受けていた。三人だけの会議室にしばらくの間、静寂が流れた。

三分ぐらい、そのような状況だっただろうか。幸彦が短く息を吐くと、私の左頰を親指と人差し指でつまんだ。

「僕は、手に入れたいと思ったものは、必ず手に入れる主義でね」

すると、ふいに、私に接近してくるものの気配を感じ、思わず目を閉じると、唇にやわらかな感触があった。一瞬の動きで、何があったのか理解できなかった。

「……ん……っ」

私は、驚きのあまり目を見開く。すぐ近くには、幸彦の見目麗しい顔がある。

(え? 私、キスされている?)

ようやく状況を理解し、唇を離そうとしたが、その前に、幸彦の手が私の顔を挟み、固定した。顔を背けることができない。

「ん……い……っつ……」

彼の舌が私の唇を強引に開き、口腔内に侵入してくる。手足をばたつかせて抵抗すると、椅子が倒れ、机から写真が落ちた。

「おいおい、せっかく俺が撮ってきてやった写真になんてことをするんだよ」

堂本はニヤつきながら近づいてくると、倒れた椅子を直し、私を力ずくで座らせた。その間も、幸彦の舌の動きは止まらない。

「あれ、あれ、写真はどこにいったかな? 見当たらないな。なくなるとお前も困るもんなぁ。俺がしっかりと捜してやるよ」

堂本は、床に視線を落としたあと、「見つからないなぁ」と言いながら、視線をわざとらしくきょろきょろさせる。

「ここかな?」

堂本はそう言った瞬間、私のストッキングを持つと、強引に引っ張った。

「んつんぐぅ……」

ストッキングの破ける乾いた音が鳴り響く。幸彦もその音に一瞬目を奪われたが、構わず、私の口腔内を舐めることに躍起になっている。湿り気を帯びた熱い舌が私の舌に激しく絡まり、唾液を吸い上げる。同時に、堂本はばたつかせていた私の足を力ずくで押さえつけると、腿に舌を這わせた。

「ふぐうう」

くすぐったい感触が足からせり上がってくるが、口を塞《ふさ》がれているため、悲鳴を上げるのもままならない。

「……や……っう……うん」

二つの艶《なまめ》かしい舌の動きに、私の鼓動は徐々に高鳴っていった。

(やだ、なんなのよ。こいつら)

だんだんと抵抗することが面倒くさくなるほど、足に力が入らなくなっていく。堂本の舌は、私の足のありとあらゆるところを舐め始めた。

そして、幸彦は強く舌を吸い上げながら、長い舌をまとわりつかせてくる。

(何をしているのだろう私は……)

会議室に、夜の仕事の証拠を突きつけられ、求婚をされ、そして、今二人の男に犯されている。うまく考えが回らなかった。堂本はビリビリのストッキングをすっかり取り去り、スカートを脱がせた。下半身を覆うものは一枚のショーツだけだ。

「も……もう…やめてください……」

あられもない姿になった私の下半身に幸彦が一瞬気を取られた隙に、私は口をそらし、視線を床に落としたまま、息を弾ませながら途切れ途切れに訴える。

その言葉を一笑に付すと、今度は堂本が私を後ろから羽交い締めにし、幸彦がブラウスと制服のベストのボタンを外す。

ブラウスの前は開けられ、ブラジャーが露わになる。

「普段は地味な下着を着けているんだね」

幸彦は器用に前にあるホックを外すと、乳首を露わにした。

「いやぁあ」

思わず大きな声が出かかり、慌てて自分で口を塞ぐ。何しろこの階は会議スペースだ。今だって、慌ただしい足音や、机を移動させている音がどこからか聞こえてきている。こんなところを他人に見られるわけにはいかない。

「そうそう、おとなしくしないとね、周りに聞かれちゃうからね」

絶望的な気持ちになり、体から一気に力が抜ける。幸彦は、胸の膨らみに顔を寄せると、突起を舌で転がし始めた。

「んぅ……んぅぅぅ」

堂本は片手で椅子と私を固定しながら、ショーツへと手を伸ばしてくる。

「お願い。そこだけは、触らないで」

腕を押さえようとするが、堂本にとっては何の抵抗もなかったのと同じなようで、あっさりと振り払うと、ショーツの上から媚肉を触る。

「あれ?」

堂本が何かに気がついたような声を上げる。私は、恥ずかしさに耳の先まで真っ赤に染め上げる。私は、彼が何に気がついたのか十分に理解していた。

「おいおい、幸彦、もう濡れてんだけど」

普段は品の良い二人が、下卑た笑顔を送り合っている。

「くっ」

屈辱に身が震える。私がいくら抗《あらが》おうが、幸彦の巧みなキスを受けたころから徐々に下半身は湿り気を帯び始めていた。

「こんな淫乱女が幸彦から求婚されることも腹立たしいが、ましてそれを断るなんて。身の程を知れよ」

堂本は勢いよくショーツをずらすと、隆起してしまっている肉芽を指でつまんだ。

「くひぃいぃ」

敏感な部分をいきなり嬲《なぶ》られ、私は声を上げた。その声に触発されるように、生暖かい舌は先端部分を激しく踊り狂う。乳首はジンジンと疼きだし、蜜壺からは、堰《せき》を切ったかのように、勢いよく淫らな愛液が溢れ出してきた。

（ここは、会議をするための場所なのに……）

二人の男に弄ばれていることが異様な状況であるにもかかわらず、体は人知れず、熱を帯びていく。乳首が甘噛みされたかと思うと、堂本は指を二本、何の前触れもなく、蜜壺の中へと突き刺した。

「あ……ふぅぅ…ん…んん」

顔をのけぞらせながら、腰を浮かし、なんとか指を体内から出そうとするが、そのたびに一層深くまで押し進められていく。そして、次第に激しく指を出し入れし始め、指の腹で、私の肉壁をしつこくこすりあげた。

「だめぇ………んぐぅ、んんんぅ」

私が思わず大きな声を上げようとしたところで、幸彦が私の口内に右手を突っ込み、口を塞いだ。二人の休むことない愛撫に、指の隙間からくぐもった喘ぎ声が漏れる。

幸彦は空いていた左手で、左胸の先端を親指と人差し指でいきなり握りつぶしてきた。

痛くて悲鳴を上げたいのか、気持ちよくて喘ぎ声を上げたいのか、よくわからないような激しい衝動が、一瞬で全身を駆け巡った。

「むぐ、ぐぅぐぅぐぐ」

私は体を震わせ、もうやめてほしいと懇願しようとしたが、声がうまく発せられない。

苦しげに眉をひそめて、ずっと幸彦のことを媚びるような思いで見ていると、幸彦は、私の口から指を引き抜いてくれた。

「はぁ、はぁ」

ようやく束縛から逃れた解放感が、より体を敏感にさせる。胸と下腹部から断続的に迫りくる甘い響きに追いやられ、頭の中が快楽一色に染まっていく。

(なんでこんなやつらなんかに……)

最初のころはそんなことも考えていたが、今はその余裕もない。なんとか意識だけを保つことだけに全神経を集中させていた。しかし、その思いすらも空しく崩れ去ろうとしていた。包皮が剥かれ、むき出しとなった花芯がこすられると、強烈な刺激が全身を貫いた。

「くふぁぁあああ」

瞬間のようで永遠のような快楽に、もはや私の理性は抗えなくなってしまった。

（あっ、もうだめかも）

そう思った瞬間から、一気に体が熱くなっていった。

「やだ、気持ちいい、いっくぅ」

かけらだけ残った理性で、大声を発しそうな口を自らの手で塞ぐと、下腹部から熱い蜜液を吐き出して、私は足をばたつかせながら絶頂に達した。椅子からずり落ちて、思い切り膝を床に打ち付けたが、不思議と痛みは感じなかった。

私は四つん這いの姿勢のまま、息を整えながら、体の感覚が呼び起こされるのを待っていた。すると、頭上で、カチャカチャという金属音とともに、ファスナーをおろす音がした。

（なんだろう）

ぼやけた頭で上を向こうとしたとき、髪を引っ張られ、頭を強引に持ち上げられる。

「何を……」

目の前には、堂本の腫れ上がった肉棒があった。それも、今までに見たことのなかったような大きさだ。

「俺は、お前みたいなやつの中に入れる気はないからな」

「……いや、放してくだ……さい」

痛さなのか、恥ずかしさなのか、悔しさなのか、なぜか自分でもわからないうちに瞳が濡れている。涙目で必死に訴える。しかし、このようなときの涙は男を興奮させるための媚薬以外にはなりえないことも、私は知っていた。

そのまま、猛々しくそそり立った肉棒に顔を押し付けられた。

「ひ……っ」

ぴくりと跳ねる鈴口に、唇が当てられ、思わず悲鳴が漏れる。

「吸えよ。いつもやっているだろ?」

ひどく興奮とした面持ちで、ぐいぐいと肉棒を私の口内へと進めていく。むせ返るような男の匂いの塊が、私の鼻をくすぐる。

「ふ……んっ……」

(やらずに済まされることはないだろう)

仕方なく、唇を開き、肉棒の先端に口づけをする。もうすでに、彼の先端部分からは透明な液体がにじみ出ていた。

「おいおい、なにを清純ぶっているんだよ」

「んぐっぐぐぐぐうう」

後頭部に力を入れられ、肉棒を喉の奥まで突っ込まれた。思わずえずいてしまったが、肉棒から口を離すことは許されていない。

(早く終わらせたい)

私はその一心で、必死にその大きな肉棒を舌で転がした。唾液を舌で鈴口にたっぷりとなすりつけながら、頭を上下に動かして、頬肉で肉竿をこすりあげる。

「くうぅぅ」

堂本から喘ぎ声が漏れる。不思議なもので、憎らしいはずなのに気持ちよさそうに目を細める堂本の顔をちらりとうかがうと、私の体もそれに反応して、ほのかに熱くなっていく。

(どう。私のことをバカにしていても、気持ちいいでしょ?)

まるで、気持ちよくすることが、唯一の私のできる抵抗のような気がして、いつものように陰嚢を優しくさすり、じゅぼじゅぼと音を立てながら、激しく頭を動かす。

「さすがだな……」

気持ちよさそうに、自らも小刻みに腰を振ってくる。

「おい、おい、あんまり激しくしないでくれよ堂本」

唇を大きく開いて、膨張した太い肉棒をくわえ込んでいる私をずっと見ていた幸彦が私の背後に回る。

「おいおい、幸彦、こんなところで入れる気か?」

幸彦は、私のお尻をぐっとつかむと、揉みしだき始めた。

「友人の好きな人に凶悪なモノを強引にくわえさせているお前に言われたくないよ」

堂本が軽く舌打ちをする。

「美しいお尻だ」

幸彦は、平手で私のお尻を叩いた。

「んぐぐぐう」

甘いしびれに思わず歓喜の声を上げたくなるが、肉棒をくわえているために、動物的な叫び声が口から漏れる。何度か叩かれると、先ほど、大量の蜜を噴出させた秘部が、またじんわりと湿り気を帯びていく。

「意外とこういうのも好きなんだね」

幸彦はそう言うと、私のお尻を叩き続けた。叩かれるたびに、びくびくとお尻が自然と突き上がる。

「おい、おい、舌がお留守になってんぞ」

堂本が後頭部を激しく揺らしてきた。

「げほっ」

喉の奥に、鈴口が当たる。唇でしごきあげるような格好で、今度は激しく腰を使ってくる。

「は……んぅ……」

髪を振り乱し、懸命に奉仕をしていると、いつ脱いだのだろうか、幸彦の肉棒が私の秘部に当たる感触があった。すでに硬くなっている。幸彦は、秘裂を肉棒の先端でこすり始め、しっかりと蜜をまとわせると、その先端で包皮の上から花芯を押しつぶした。

「ひはぁああ」

その刺激の強さに思わず私は堂本の肉棒を口から離し、喘ぎ声を上げた。その快楽の強さに腕で体を支えられず、私は腕を折り、お尻を突き出すような格好になった。

「おいおい、大きな声を出すんじゃないよ」

堂本は私の髪を引っ張って、もう一度、四つん這いへと戻そうとする。

「いっ痛い」

悲鳴を上げたその口に、私の唾液でぬらりと光る亀頭をまた押し込んだ。私は、口の中に放り込まれたものを一生懸命にしゃぶり始めた。

「そうだ、いい子だ……もっと……もっとだ」

あまりに大きな肉棒をくわえさせられているせいで、顎《あご》はもうあまり力が入らなくなったが、それでも必死に舌を這わせる。一度絶頂を迎えているせいか、幸彦の肉棒での愛撫が織り成す快楽に、私の体は打ちのめされた。

幸彦は私に覆いかぶさると、私の垂れ下がる胸を愛撫してきた。

「ぐぐうぐぐぐ」

迫りくる快楽に、肉棒をしっかりくわえたまま首を横に振る。それが気持ちよかったのか、堂本の肉棒もびくびくと反応をした。

「入れるよ」

幸彦は耳元でそうささやくと、私の腰をぎゅっと握り、尻肉をかき分け、私のすっかり熱をもった蜜壺の中に、硬く腫れ上がった肉棒を突き立てた。さも、そうされるのを待ち構えていたように、私の肉壁は、奥へ奥へと幸彦の肉棒を誘い込んでいく。

「んんぅ……！」

思わず、堂本の肉棒に歯を立てそうになるのを耐える。口を塞がれていて助かった。あまりの快楽に、会社中に響きわたるような声が出ていたような気がする。

「気持ちいい。気持ちいいよ美生」

そう言って、肉棒を入り口近くまで引いて、すぐにまた最奥にまで突き上げてくる。

「んぅぅぅ」

口と蜜壺に両方とも肉棒をくわえたまま、背中を反らすと、肉壁の敏感な部分が亀頭ですれ、体がびくりと震える。

「ふん、気持ちよさそうな顔しやがって」

条件反射のように、頭を縦に揺らす。躍動する肉棒が、とろけすぎて、感覚がなくなってきた肉壁を勢いよくこすり、グチュグチュと音を立てながら、蜜をかき出していく。もう堂本の肉棒をくわえ続けるのには、限界があった。我慢ができない。思いっきり力を込めて、堂本の腕を振り払う。

「あっうううぅぅん」

口から離れた瞬間、息を弾ませながら悦びの声を上げ、息を整える。幸彦はそれにも構わず、腰を振ってくる。

「おいおい、大丈夫かよ。声を聞かれちゃうかもよ」

堂本の言う言葉もそぞろに、私は、ぎりぎり限界まで、押し殺しながらも喘ぎ声を上げる。

「はひぃ……うん」

「やれやれ。俺はどうするんだよ」

仁王立ちしている堂本の大きな肉棒からは、唾液なのか先走りの液なのか、白い透明な液体が滴り落ちている。

「ごめん……なさい……。でも口ではも……もう…ひん」

喘ぎ声交じりでそう懇願すると、堂本は、私の手を取り、肉棒をつかませた。

「じゃぁせめて、手でしろよ」

私は、必死に手を揺らし、肉棒をしごきあげた。

「ほう、なかなか手も上手じゃないか。もっと先の方も刺激しろ」

言われるがまま、鈴口に手を当て、初めて見たときよりもさらに大きく膨らんだ亀頭の辺りを、ゆっくりと手で撫でていく。

幸彦は、自分の肉棒を突き刺したまま、もたれかかり、私の乳首をつまみ上げ、痛いぐらいに引っ張ったりこね回したりし始めた。ほとばしる快楽は、そのまま手の先まで伝わり、肉棒をしごくスピードを上げていく。

「くっ」

堂本の顔がゆがむ。

（お願い、もう出して、そうじゃないと私……もう……）

幸彦は乳首を弄んでいた手を私の腰に戻し、肉棒の抽送に専念し始めた。

「ここが感じるみたいだね」

幸彦は、奥深くではなく、浅めの肉壁を小刻みに刺激していく。快楽に収縮した私の膣肉を幸彦は容赦なく突き回す。

「だめ、……も……もう……やめ…これ以上だと……」

後ろから激しく突かれるたびに、喉元には、淫らな喘ぎ声が駆け上がってくる。腰が抜けそうなほどの快楽に、何度も腕が自分を支えきれなくなり、堂本の肉棒をしごく手が止まる。そのたびに、まだだめだと命令するように、堂本は自らの手を私の手に添え動かす。体の引きつけが止まらない。肉壁が幸彦の肉棒を愛おしむように締め付ける。まるで、それに呼応するかのように、私の手の中にある堂本の肉棒が一段と膨らみを増した。

「さすがに、制服にかけるのはまずいだろ。俺って優しいんだよな」

堂本はそう言うと、私の額に手をやり、顔を起こすと、自らの肉棒を口の中に突っ込んできた。

「むぐぅぅぅ」

口の中が肉棒でまた満たされる。刹那、大量のしぶきが踊った。激しく躍動する肉棒が離れないように、しっかりと口を閉じ、「ちゅう」と音を立てて、最後の一滴まで残らず口で受け止めると、急いで喉の奥に流し込む。喉奥から湧き上がる男性の匂いに、頭の奥がしびれる。

「次は俺だな」

そう言うと、幸彦は腰の動きを速めた。

「あ、あぁ……ふっ……ひぁ……アア！」

熱くぬめった秘部からは、蜜が心地よい音を奏でる。快楽で下がった子宮口に、暴力的にまで硬くなった肉棒が突き刺さる。

「もうダメ……」

私が大きく身を引きつらし、すべての力が解放されると同時に、体の奥底に熱い液体が注ぎ込まれた。その感触に私の体がまた震える。そのまま私は会議室の床に倒れ込んだ。体の痙攣はなかなか収まらない。

二人が何やら話しかけているようだが、まったく何を言っているのか要領を得ない。突然、外が賑やかになり、私の心は正気に戻る。

ぼさぼさになった髪を手でとかし、ずれたメガネを直しながらゆっくりと体を上げると、二人はすでに、身支度を整えて、部屋を出るところだった。

「そういうわけで、これからもよろしくね。美生ちゃん。考えといてね。結婚のこと」

幸彦は笑いかけると、そのまま部屋を出ていった。堂本は、「ふん」と小馬鹿にしたように一瞥《いちべつ》すると、そのまま幸彦の後をついていった。

私は、地べたに座ったまま、蜜孔から流れ出てくる精液を感じながら、ただ、体の疼きが収まるのを、目をつぶり、じっと待っていた。

第三章

会議室で幸彦と堂本に犯されてから、一ヵ月以上の月日が流れた。それから、二人とは受付で一度会ったが、特に体を求められることもなかったし、社内に私の変な噂が流れることもなかった。ただ、去り際に「考えといてよね」と幸彦がぼそりと呟き、その様子を堂本が苦々しい表情で見ていただけだ。

なぜ、そこまで私に執着をしてくるのかはわからない。ただ、まんざら冗談でもなさそうだ。純粋にそこまで愛してくれることには多少のうれしさがあったのだが、彼をパパ以上に愛せるのかという予感はまったく湧いてこない。

(この会社、辞めようかな……)

そんなことを考え、重い気持ちを抱えながら日々を過ごしていた。

ある日、ようやく春らしい陽気になってきたので、お弁当を買い、公園のベンチでお昼ご飯を済ませた。新緑の中で食べるご飯は心地がよく、沈んでいた気分も少し晴れやかになっていく。

行きよりも軽い足取りで戻ると、幸彦と堂本が玄関フロアに設置されているソファーに二人して座っていた。先ほどまでの軽やかな気分が、また振り出しに戻ったように沈んでいくのがわかる。

「いらっしゃいませ」

堂本がこちらに視線を投げかけてきたので、仰々しく挨拶をして、受付に戻った。

(今日、来る予定ってあっただろうか?)

もし、前もってわかっていたら、この子たちが騒がないはずはないと思い、「今日、シャイニーSの人って、来る予定ありましたっけ?」と尋ねてみた。

すると、何やらパソコンで熱心に調べ物をしていた彼女が、顔を上げて答えてくれた。

「先ほど、社長秘書の方から連絡があって。どうやら、社長が幸彦さんから直接アポを受けて、それを社長が伝え忘れていたそうよ。マウンテンズの鏡裕二社長を連れてくるんだって」

(鏡裕二……どこかで聞いたことがある名前だ)

「鏡裕二って、誰だっけ?」

「えっ美生ちゃん知らないの？　ほら、大学時代にビッグデータの画期的な処理ソフトを開発して、一躍有名になった。他にもいろいろなプログラムを開発して、この間、『日本を救う経営者』という特番で取り上げられたって。幸彦さんが大学の同級生らしくて。今回、ウチの新しいシステムプログラムを担当してくれるかもしれないんだって」

「へぇー」

珍しく、彼女にしては詳しい。ビッグデータなどという言葉を知っていたのも驚きだ。

「よく知ってますね。私、なんとなく聞いたことがある程度で……」

素直に感心すると、「ま、まぁ……」と曖昧《あいまい》な返事を返してきた。ちらりとパソコンを見ると、そこには、鏡裕二の情報が書き込まれたサイトが見えた。

（幸彦が社長を連れてくると聞いて、どんな人が来るか調べたんだ）

手元のメモ帳には、ご丁寧に二重丸で独身という文字が囲んであった。

（まぁ、ぎりぎり私的利用には当たらないか）

思わず微笑んでしまう。誰か他人がいれば、幸彦たちが私にちょっかいを出すこともない。ほっと胸を撫で下ろした。

遠目に眺めていると、細身のスーツに身を包んだ男が頭を掻きながら、慌てた様子で入ってきた。

「ごめん、ごめん、幸彦君。遅れちゃって」

昼時の静かなエントランスには似つかわしくない若々しい声が、鳴り響く。

「いやいや、遅れたっていっても、時間には間に合っているよ。こっちが早く来すぎただけだから」

幸彦と堂本は、やってきた男と代わる代わる握手を交わす。男の背は、幸彦と堂本とは頭一つ分ぐらい低いだろうか。

二人の友達というから、大柄な男だと勝手に思っていたが、随分と華奢《きゃしゃ》な印象である。小さな丸顔に、くりっとした瞳を落ち着かなそうにきょろきょろさせながら歩いてくる姿は、子猫を彷彿《ほうふつ》とさせる。特にワックスなどでセットするわけでなく、適度な長さで切られたサラサラな黒髪を無造作に垂らしている姿は、つい何カ月か前に就職活動でやってきた大学生のようであった。

「やぁ、どうも。社長に、鏡さんをお連れしたと伝えてください」

慣れた口調で、堂本が私たちに告げる。他の女の子たちが社長秘書室に連絡を入れる。私は、入館証を準備しながら、上目遣いでちらりと鏡の顔を覗き込んだ。

鏡は、何が珍しいのか、相変わらず、うれしそうな面持ちで周囲を見渡している。私のことを見ると、満面の笑みを浮かべながら会釈をした。屈託のない笑顔に一瞬どきりとさせられた。

エレベーターまで見送りに行くと、女の子たちは、「やっぱり幸彦はかっこいい」「今日は目が合った気がする」など勝手なことを言い始めたが、鏡のことは話題には出なかったのが意外であった。好みが違うのであろうか。

（随分と印象的な笑顔をする人だったな）

二人につられたのか、そんなことを考えていた。


その日、夜の仕事が終わり、Sホテルのエントランスを出て、笹原に終了報告をしようと携帯を取り出すと、手の中で急に携帯が震え始めた。びくりとして携帯を落としそうになる。画面を見ると、笹原からである。向こうからかけてくるなど、珍しい。

「美生ちゃんお疲れ様」

相変わらずの軽い口調で、緊急性のある電話なのかどうかがわかりづらい。

「どうしたんですか？　笹原さんがこんな夜に電話かけてくるなんて、珍しい」

しばらくの間、無言が続く。

「……美生ちゃん。今、Sホテルだよね。実は今日、もう一人頼めないかな」

「え？　今からですか？」

「一時間後に、Uホテル。行ったことあるでしょ？　Sホテルから歩いて十分ぐらいじゃない？」

一日二回ということがないわけではない。しかし、いきなりということは今までなかったし、こんなに夜遅くからだと確実に終電を逃す。一時間、間が空くのも億劫《おっくう》だ。

「いやです」

「いや、随分と即決だね。少しは、話を聞いてよ。よく頼んでいるお客さんから、接待でお客さんをもてなしてほしいって突然電話があってさ。まぁ、電話かけてきた人は随分と酔っ払っていたみたいでさ。しつこいのよ。『この人に嫌われたら会社が傾く、一番の子をつけてくれ』とかなんだか言って、うるさいのよ」

そんなことしなくちゃ潰れるような会社なら、先が知れている。潰れた方がいい。

「いや、私一番じゃないし、遠慮しときます。それじゃあ」

切ろうとすると、必死に叫ぶ笹原の声が聞こえてくる。深くため息をついて、もう一度受話器を耳に当てる。

「なんですか、もう」

「いや、間違いなくこういう接待がらみのやつだったら美生ちゃんがナンバーワンだよ。きちんと敬語も使えるし、男を立てるのがうまいし。ただ、それだけは言っておきたくて。

じゃあ無理言ってごめん。美生ちゃんだめなら断るよ。おやすみね」

そう言うと、電話は切れた。急に静寂が襲ってくる。しばし、通話終了の画面を見ながら考える。

（はぁ、私も甘いな）

携帯のリダイヤルボタンから笹原を探す。

（三コール以内に出なかったら切るから）

そう思ってかけた五コール目で、笹原は出た。

「どうしたの美生ちゃん」

「どうしたのはないでしょ？　もしかしたらかけ直してくるかなって考えてたでしょ？」

笹原は笑ってごまかす。

「しょうがないですね。いいですよ。その代わり、最高二時間までで、送りは笹原さんお願いしますね。泊まりなら断ってください。あと一時間暇じゃないですか。笹原さん近くにいるなら、ご飯でもおごってくださいよ」

笹原は何度もお礼を言ったあとに、すぐに折り返すと言って電話を切った。

結局、笹原は十五分で現れ、「おすすめ」という少し小汚い定食屋に連れていってくれた。

「おいしい」と騒ぎ立てるほどの味ではないが、程よく味の染みた鯖の味噌煮定食は、よく考えて作られているのがよくわかった。

「それで、今日の相手なんだけど、コンピューター関連の社長で、三十代。Uホテルの一五〇一号室。あまり女性経験はなさそうだって依頼人は言っていた。株式会社スタータスト様からこちらに来るように言われましたと言えばわかると思うからだって」

ご飯は食ってきたからと、モツ煮込みとノンアルコールビールを煽りながら、笹原が今日のあらましをさっと説明してくれた。

他人と食事をするのは、パパがこの間、来たとき以来だ。別に一人の食卓が嫌いとか、一人で飲食店に入れないとかは一切ないのだが、たまには良いものだなと、仕事の話をしたあと、笹原のどうでもいいが決して不快ではない雑談を聞きながら思った。

Uホテルの一五〇一。部屋番号を確認すると、呼び鈴を鳴らす。なかなか出てこない。確か依頼人は随分と酔っていたという。一緒に飲んでいたとしたら、もしかしたら酔いつぶれてもう寝ているかもしれない。

もう一度だけ鳴らして、笹原に連絡を取ろう、と思っていたところで、ゆっくりとドアが開いた。

私の顔を見た瞬間、男は二、三歩後退《あとずさ》りをした。

「あの……。えっと……何かご用ですか？」

戸惑う男を見て、私の方がドアを閉めたい気分に襲われる。そこには、くりっとした目をさらに丸くし、細身のスーツではなく、ガウンを身にまとった鏡裕二がいた。

（まさか、私ってバレた？）

状況を把握してから動いた方がよさそうだと思い、視線は外したまま、鏡の言葉を待つ。

「あの……どちらさまでしょうか」

ウインダイレクトの受付の人間だとはわかっていないようで、とりあえずほっと胸を撫で下ろす。あのあと、三人で飲みにでも行き、おそらくホテルに強引に泊まらせて、笹原に連絡したのだろう。あの幸彦ならやりかねない気がする。先ほど笹原から言われた通りに告げる。

「株式会社スターダスト様から、こちらの部屋にお邪魔するようにとのことだったのですが」

最初は、きょとんとしていた鏡だが、やっと要領を得たのか、何度も頷いた。

「株式会社スターダストだって？　ははっ懐かしい。幸彦だな。まったくあいつは」

そう言うと、急に鏡は、うれしそうな顔に変わった。

「スターダストって昔、大学の仲間でつくった会社だったんだよ。株式じゃないけどね。結局、主要メンバーの二人が、親に就職しろと言われて、二年で解散したんだけど。いやぁ懐かしいなぁ」

お酒が入っているのか、ほんのり赤みを帯びた顔をさらに赤くしながら、楽しそうにしゃべり始めた。

私は、この瞬間に誰が通るかわからず、気が気ではない。

「とりあえず、中に入ってもよろしいでしょうか」

今度ははっとしたような顔をして、「ごめん、ごめん」と謝りながら、ドアを閉めた。鏡の表情がコロコロと変わるのが面白かった。

「座って」と、椅子を差し出し、自分はベッドに腰掛けた。普通のシングルの部屋で、鏡との距離は近い。

冷蔵庫の中からペットボトルのお茶を取り出すと、コップに注いでくれた。

「そう。だから、大学の友人と飲んでいて。今度、一緒にその仲間たちとまた仕事できることになって。友と葡萄《ぶどう》酒は古い方がいいなんて言うけど、やっぱり昔の仲間っていうのはいいもんだと再認識したんですよ」

さも楽しそうに話している。背がもっと低いかと思ったが、ヒールを履いている私よりもちょっと高いぐらいはあるようだ。幸彦たちと比べるから背が低く見えるのだろう。

鏡は、大学時代の話を一通り話すと、突然顔を真っ赤にしてうつむき始めた。

「えっと、さやさんでしたっけ?」

私は優しく頷く。

「つまり、あの……あなたは……ここに……」

私は優しく、鏡の手を握った。あまり女性経験がないと笹原は言っていた。こっちからリードしてあげた方がいいだろう。

「何も言わないで……」

そっとささやいて、唇を寄せようとすると、「ちょっと待ってよ」と鏡は私の手を振り払うと、立ち上がって身を引いた。

「いや、別に僕は。大丈夫だよ」

「心配しなくても大丈夫ですよ……」

できるだけ優しい口調で微笑むが、鏡は戸惑うばかりで、私と一定の距離を保つ。

「私じゃダメでしたか。それなら他の子と……」

私がそう言うと、今度は私の近くまで走り寄って、顔を近づけ、真剣なまなざしで、じっと私の方を見つめる。

「そうじゃない。いや、君……さやちゃんは、本当にきれいだし、かわいいし。そういうんじゃないんだ。僕が悪いんだ、ごめん」

そう言って、頭を下げたまま動こうとしない。

「頭を上げてください。とりあえず、お話でもしませんか？」

私はどうしていいかわからなかった。こんなことは初めてだった。もちろん、好みじゃないと怒る客には、今まで何人か会ったことがある。そういうときは、笹原に連絡を取り、お客様に好みを改めて聞いてから、他の女の子に代わってもらう手配を取る。

「別に美生ちゃんがかわいくなかったわけじゃないんだ。とにかく、わがままが言いたいだけなんだよ」

笹原はそんなときは、そう優しく慰めてくれた。しかし、今回は、そういうわけでもないという。とりあえず、頭を上げて落ち着いてもらわないことには、どうしようもない。

「わかりました。とりあえず、落ち着いて、お茶でも飲みませんか。もう私も何もしませんから。おそらく、お客様は何も知らされていなかったのですよね。その、幸彦さんでしたか、その人が勝手に手配しただけで……」

鏡は、頭を下げたまま、私の顔を上目遣いで覗き込んだ。私は鏡を安心させるようにゆっくりと頷く。ようやく頭を上げると、鏡に笑みが戻った。

「そう、そうなんだよ。あいつはいいやつなんだけど……。なんというか、自分の価値観だけで突っ走るところがあってね。まぁそれが、うまくいってたときもあったんだけど」

早口でそうまくし立てる。私がテーブルに置いてあった鏡の飲みかけのお茶を渡すと、勢いよく飲み干し、一つ大きく息を吐いた。

「ごめん、落ち着いたよ。えっと名乗ってなかったよね。僕、鏡裕二」

あっさりと本名を名乗った。別に、こちらがばらすことはないのだが、万が一、素性をばらしてスキャンダルなどに発展しないよう、ほとんどのお客さんが仮名を使う。こちらも名前や職業などに関しては、あえて聞かないようにしている。笹原も詳しいことは決して女の子にしゃべらない。鏡が遊び慣れていないことがよくわかった。

「そうですか、鏡さん、とりあえず立ち話もなんですから、お座りになってください」

「ありがとう」

鏡は、ベッドに腰をかけたかと思うとベッドの上に大の字になった。

「ごめんね。こういうのって本当に慣れてなくて。女の子と付き合ったことなんて一回しかないから」

「あら。それなら、今でもその人と？」

予想外の発言に、思わず詮索するような言葉を発してしまった。その人の人生に踏み込むことは厳禁である。現実を忘れたくて来ているんだからと笹原に最初のころ、まだお客をつける前にレクチャーされていた。恐れていた通り、鏡の顔が曇り始める。

「ごめんなさい……。余計なことを……」

私がそう言うと、鏡は首を振った。

「いいんだ。気にしないで。ごめんね。その人とはもう十年以上も前に別れたんだ。高校時代に、付き合っていた人でね……」

そう言うと、口をつぐんだ。ホテルの無機質な空調の音だけが二人きりの空間を支配した。なんと言えばいいのか、わからず、何度も口を動かしてはつぐんだ。

「ねぇ。さやちゃん。何もしないと、お店の人に怒られる？」

鏡は、その場にふさわしいのかどうかわからない言葉を発した。

「いや、それは……どうでしょうか……」

その質問に対する言葉は、用意されていない。このような状況も初めてだし、笹原からもこういうときにどうすればいいのかなんて教えてもらっていない。

「何時までここにいなきゃいけないの？」

「えっと二時間と聞いていますので、一時までですが……」

時計を見ると、あと一時間半残っている。

「なら、添い寝してくれない？　最近、仕事も忙しかったし、眠れなくてさ。こんなかわいい子と一緒に寝れば、ぐっすり眠れるかな……なんて……」

　最後の方は、聞き取れるか聞き取れないか、ぎりぎりの小さな声になっていった。鏡の顔は、耳まで真っ赤に染まっている。その表情が実に愛らしく感じられた。昔、ママに隠れてこっそり公園で飼っていた子犬を思い出す。

「いいですよ。わかりました。服は脱ぎますか？　それとも着たままの方が……」

　私がいつも寝るときの格好でいいということなので、シャワーを浴びさせてもらい、下着を着けずに、ホテルのガウンを羽織らせてもらった。いつも、寝るときは、ブラジャーは着けずに、寝巻きを着ている。お揃いですねと私が言うと、そうだねと照れくさそうに笑って布団の中に入った。

　それから、鏡はいろいろなことを話し始めた。子ども時代のこと。出身である北海道のこと。今の会社のこと。幸彦たちとの思い出。脈絡はなく、思いつくままに楽しそうに話す。眠りにつかせるというのが私の使命のはずなのだが、一向に眠りにはつかなそうだ。

「いや、ごめんごめん、僕ばっかり話して。いつもパソコンの前にばかりいるし、仕事以外の話ってあまりする機会なくて」

　私が首を横に振ると、満面の笑みを浮かべた。ウインダイレクトの受付で見たのと同じ笑顔だった。

「ねぇ、さやちゃん。今、その……下着……着けてないんだよ……ね……。その、ちょっと裸を見せてもらってもいいかな」

突然の申し出に驚いた。ここにきて、裸を見せるなんて当たり前のことであったが、とても新鮮で、場違いなような気がした。そんな思いが顔に出ていたのか、鏡は、すぐに、申し出を撤回しようとしたが、私は、ゆっくりとガウンをはだけさせ、胸を露わにした。

「きれいだね……」

食い入るように、鏡は見つめる。ただ、胸を見せているだけなのに、私は恥ずかしさのあまり、体が赤く染まり始めて、ガウンを持っている手が震えだした。鏡にも聞こえるのではないかというほど、鼓動が激しくなる。

鏡は、そっと私の手を握って自分の股間部分へといざなう。

「触ってみて?」

私は、なぜか恐る恐る握ってみる。しかし、そこには想像に反してやわらかなままの肉棒があった。

「僕、女の子の裸を見てもダメなんだよ。こんなにきれいな胸なのに……」

それは、私の魅力がないからでは、という言葉が口から出かかったが、真っ直ぐに見据えた鏡の目を見ていると、それは不適切な発言のように思え、口をつぐんだ。

「あっ、別に男の人が好きっていうわけじゃないんだよ」

私の手を自分の股間から離した。そして、私の手を握ったまま、また昔話を始めた。

それは、高校時代に付き合っていたという彼女のことだった。

彼と彼女は幼馴染みで、小学校、中学校と一緒に過ごし、いつしか二人は秘かに相手を思い合うようになったという。そして、高校進学のとき、彼女は成績優秀だった鏡と同じ高校に行きたくて、一生懸命に勉強し、同じ高校に入学する。

「ほんと、頑張ってくれてね。合格発表のときは、二人で泣きながら抱き合ったんだ」

鏡は、当時のことを思い出しながら、寂しそうに微笑んだ。

結局、それがきっかけで、お互いの思いを知ることになり、付き合うことに。一緒にいれば、何をするにも楽しかった。手をつなぐだけでも一年かかったというプラトニックな付き合いだったそうだ。大学受験になると、二人の進路は大きく分かれる。親の希望で、彼女は北海道に残り、鏡は、興味を持っていた情報工学を学ぶために東京の大学へ出ることに。たとえ離れても変わらないよ。旅立つ前の晩、初めて二人で行った泊まりがけの旅行で、二人は初めてのキスを交わした。

しかし、初めは頻繁だったメールのやり取りも、だんだんと少なくなっていく。

鏡には、五歳上の兄がいた。鏡とはまったくの正反対で、勉強はできなかったが、社交的で、大学を中退して、札幌に小さなバーを開いていた。自分にはないものを持っている兄を鏡は尊敬し、慕っていた。恋愛経験も豊富な兄に、鏡は彼女とのことをよく相談していた。

「大丈夫だ。お前たちなら。時間が空いたら、帰ってきて、ゆっくりと同じ時間を過ごしてやればいい。もし旅費がないなら、いくらでも貸してやる」

兄は、そう言って鏡のことを励ましてくれていたそうだ。それでも、彼女からの返信の間隔が空くにつれ、不安と会いたい気持ちが募っていく。そして、GWに、アルバイトで貯めたお金を持って北海道に帰った。驚かせようと思い、彼女にも実家にも伝えなかった。久々の我が家に着くと、親は夫婦水入らずで旅行に出かけたようで、家には誰もいない。自分の部屋に入り、懐かしい空気を胸いっぱいに吸い込むと、旅の疲れからか、うとうとと眠りについてしまった。

ふと、物音がして、目を覚ます。兄貴が家に帰ってきたようだ。どうやら誰かと一緒のようだ。

(また、女の子を連れ込んでいるんじゃ……)

眉をひそめながらも、兄らしい行動に懐かしさすら覚えた。そして、いつもそうしていたように、そっと部屋を抜け出そうとすると、兄が自分の名前を言っているような気がした。思わず聞き耳を立てる。

「本当に裕二はいいのかよ」

「うん……だって、裕二君。子どもだもん。三年間も付き合って、キスしかしてくれないんだよ」

久しぶりに聞く声、北海道まで来て聞きたかった声が聞こえてきた。

「お前、処女じゃないよな。俺、処女は抱かない主義だから」

「馬鹿にしないでよ。もう違うわよ。子どものころとは違うんだから」

頭の中が真っ白になったという。結局、その場から一歩も動けず、体育座りをしたまま、彼女と兄が睦《むつ》み合っている音をじっと聞いていたそうだ。不思議と涙は出なかったという。

「だめ、私、もういく、いっちゃう」

彼女の嬌声を静かに聞き終え、静寂が訪れるのを待ってから、静かに部屋を出て、その日のうちに東京へ帰ったそうだ。

「それから、僕から連絡をしなくなって、終わったよ。一応、自然消滅ってことになるのかな。地元にも帰らなくなった。その後の彼女がどうなったのかは、よく知らない。兄貴はその二年後に、店のお客さんだったという人と結婚したよ。そんなことがあってから、まったくダメでね。幸彦君、あっ、さっき話した大学の友達ね、とかがいろいろと女の子を紹介してくれたんだけど、いざそういうときになったらできなくて。これでも、大分回復して、まったくというわけじゃなくて……一人ではなんとかね……。でも、だから、さやちゃんが魅力ないとか……そういうのではなくて……だから……」

会話が支離滅裂になっていっていることに自分でも気がついたのか、そのまま鏡は黙りこくった。目にはうっすらと涙がたまっていた。どう言っていいかわからない私は、ただ本能のおもむくままに、鏡の頭をそっと抱えると、はだけたままの胸に押し付け、ぎゅっと抱きしめた。

「ありがとう……」

鏡は小声でそう呟くと、私の行動に驚き見開いていた目をゆっくりと閉じた。どれくらいの時間が流れただろうか。私には途方もない時間が流れたように感じたが、いつしか、胸の谷間から規則的な心地よい寝息が聞こえてきた。私はあやすように、その寝息に合わせ、首の後ろを優しく叩いた。

そして、しばらくして、完全に鏡が寝たのを確認すると、もう片方の手を伸ばし、サイドテーブルに置いてあった携帯を手にして、笹原にメールを打った。

「さすがに、一日二回は疲れちゃった。お客さんがいい人で、泊まっていいと言ってくれているから、寝ていきます。迎えの必要ありません」

笹原からはすぐに返信が来た。

「大丈夫か？　とにかく帰るときにメールか電話頂戴。なんなら送っていく」

優しい文面に心の奥が熱くなる。

（大丈夫よ。心配かけてごめんね。ただ、この人が目を覚ましたとき、誰もいないときっと悲しむわ）

鏡の頭をそっと撫でていると、いつの間にか私にも深い眠りが襲ってきた。


胸の辺りにごそごそと何かが動く気配を感じて目を覚ます。寝ぼけ眼《まなこ》をこすりながら、時計を見ると、六時ちょうどだった。鏡は、はっと目を覚ますと、体をがばっと起こし、「今何時？」と聞いてきた。起き抜けのあまりの大きな声に驚かされる。

「六時よ。もう出なきゃいけない？」

きょとんとした表情で私のことを見つめる。そして「あれ？　さやちゃん？　一時には帰らなきゃ」と、ひどく慌てた様子で尋ねてきた。

「私もあれから寝ちゃって。だって鏡さん、すごく気持ちよさそうに寝ているんだもの。お店には連絡したから大丈夫よ」

笑顔でそう返すと、鏡は申し訳なさそうに何度も頭を下げたが、私がそのたびに「大丈夫よ」と返すと、ようやく頬を緩めて、安心した表情を見せた。

「コーヒーでも飲む？」

玄関脇の棚に取り付けてあったケトルに、ミネラルウォーターを注ぎ込み、電源をつける。一杯ぐらい飲んでいっても会社には間に合うだろう。

「お願いするよ」

「砂糖は？」

「二袋かな……」

私はいつもパパをまねして、ブラックしか飲まない。随分と甘いコーヒーを飲むんだなと驚いたが、それが鏡らしいとも思った。

二人でベッドに座り、コーヒーをすすりながら、朝のオフィス街を黙って見つめる。静かな落ち着いたやわらかな空気が包み込んでくれる。

「ねぇ、また会えないかな」

鏡がおもむろに口を開く。私は一瞬どうしようかと迷ったが、バッグを取り出し、名刺入れの中から、自分のではなく、笹原の名刺を取り出した。さすがにウインダイレクトの名刺を渡すわけにはいかないし、かといって自分の携帯番号を教えるのには、まだ抵抗があった。

　裏面に一筆添えて、鏡に差し出す。

「私、この店にいますから。さやちゃんをお願いしますと連絡してください」

　店の名刺を渡されがっかりするかと思いきや、鏡はうれしそうに受け取り、裏面を見ると目を見開き顔を崩した。

「わかったよ。美生ちゃん」

　二人して、身支度をし、ホテルを出た。鏡がチェックアウトを済ませている間、笹原にメールを打つ。

「今から、ホテルを出ます。あと、今日のお客さんもしかしたら、電話いくかもしれません。そのときはよろしくお願いします。鏡裕二さん。ネットで検索すれば、人となりは出てくるから。大丈夫かな」

　すぐに返信が届く。もしかしたら、ずっと起きて待っていてくれたのかもしれない。

「了解。常連ゲットですか？　さすが！　ありがとうございます。体ゆっくり休めてね。無理せずに。暖かくなってきたからといって、薄着で寝ないようにね。特にお腹周りは温かくして寝るんだよ」

　まるで心配性のおばあちゃんのような一文に、顔がほころぶ。

「美生ちゃん。何を笑っているの？」

鏡が私と同じようなにやけ顔で、見つめている。私はなんでもないというように首を振ると、出口に向けて歩き始めた。


鏡に渡した名刺の裏には一文こう添えた。

「私の本名は、藤崎美生といいます」

鏡とはもう会わないかもしれない。それでも構わなかった。ただ、自分の本名を名乗るのが、自分のことをさらけ出してくれた鏡に対するせめてもの礼儀だと思ったのだ。

ホテルのエントランスを出ると、すでに活発に活動を始めている朝日がこうこうと私を照らしてきた。


それから鏡は、週に一度は、私のことを泊まりで指名するようになった。相変わらず、体の関係はなかった。ホテルで待ち合わせると、私たちは街へ出た。水族館に行ったり、映画を観たり、街をぶらぶらと歩いたり、ご飯を食べに行ったり。

鏡が行きたいというところに私はただついていった。

そして、たくさんいろいろな話をした。といっても私はほとんどしゃべらず、鏡の話を聞いているだけだったが。

鏡は、今の仕事がよっぽど好きらしく、仕事の話をよくしてくれた。私はあまりパソコンについては詳しくないので、わからないことも多かったが、鏡は私がわからないような顔をしていると、すぐにわかりやすく説明をしてくれた。

鏡はただ自分の経験を話しているのにすぎなかったが、仕事の上でのカンの鋭さや、チャンスだと思ったときの行動力には驚かされた。

「そうやってチャンスをものにしてきたんだね」

私が心の底からの感動と尊敬の念を込めてそう言うと、鏡は照れくさそうに頭を掻いた。

「誰かが『チャンスは貯金できない』って言っていた。僕もそう思うんだ。だから目の前のことを、ただガムシャラにやってたんだよ」

そう言って口をつぐんだ。


私が褒めると、決まってそのあとは言葉数が少なくなるのがかわいらしかった。

さすがにウインダイレクトの仕事の話になったときは気まずさを覚えたが、鏡の話はどれも興味をそそられるものばかりだった。

私たちは、ホテルに戻ると、それぞれがシャワーを浴びて二人で添い寝をした。最近私は、眠りについた鏡の呼吸に、自分の呼吸を合わせるようにしている。二人で同じ息遣いをしていると、ただそれだけで、鏡と心と体がつながった気がして心地よかった。

そして、鏡は決まって六時に目を覚ます。私は、鏡が起きる五分前には目を覚まし、甘めのモーニングコーヒーを入れた。

そんな二人だけの時間が何カ月か続いた。いつの間にか、季節は夏へと変わっていた。

笹原からは一度、「大丈夫か？　ストーキングをされていない？」と心配の電話がかかってきた。

「どうやらあいつ、美生ちゃんの本名を知ってるらしいんだよ。なんかこの前、美生ちゃんは来週いつ出勤ですかって聞いてきて。慌ててさやちゃんでした、なんてごまかしたりして」

店の予約のときはさやちゃんにしてと頼んでいたのだが、うっかりミスをしてしまったのだろう。まったく困ったものだと思いながらも、なんとも鏡らしいエピソードだと思うと、怒りよりも笑いが込み上げてくる。

「大丈夫よ。ありがとう。とってもいい人だったから、私から言っちゃった」と答えると、笹原はそれでも「何かあったら連絡して」と終わり際に念を押した。

鏡と会った次の日は、正直、仕事の間は眠くてしょうがない。何度もあくびが出そうになり、慌ててかみ殺す。

「最近、美生ちゃんあくびが多いねー」

隣の子が顔をにやつかせて話しかけてきた。

「ごめんなさい。気をつけます」

「いやいや、ごめんなさいじゃなくてさぁー。何？　男？」

なになにと、もう一人の子も興味津々といった面持ちで首を伸ばす。

「いや……そういうわけでは……」

「嘘だね。あくびには、二種類あるのよ。満たされなくて退屈で出るあくびと、心が満たされてるからついつい気が緩んで出るあくび」

まさか、この子から教えを乞うとは思わなかった。なんともこじつけたような言葉だが、思わず苦笑いを浮かべてしまう。

「美生ちゃんは絶対に幸せあくびよ。あくびする姿から幸せオーラが出まくってるもん」

隣の女の子の同意を求めると、二人してきゃっきゃと騒ぎ始めた。

「でも、最近ちょっと変わったよ、美生ちゃん。なんか、とげとげオーラがなくなったというか」

（そんなオーラ、オーラって……）

彼女らしい言い方に思わず噴き出しそうになる。要するに雰囲気が変わったということだろうか。自分ではまるで、意識がない。幸彦たちも鏡との兼ね合いで忙しいのか、最近、こちらに出入りしていないので、それが影響しているのかもしれない。

「暗かったじゃん。美生ちゃん。なんか悩み事あったのかなぁって思っていて」

意外と自分のことをよく見ていたことに驚いた。同じ職場ではあるが、まったく関わり合いのない人だと勝手に思い込んでいたのは自分だけのようで、なんだか申し訳ない気すらしてくる。

「それで、誰なのよ。美生ちゃんの彼氏、社内の人？」

「いやいや、そんな人はいませんから。ほんとですって」

彼氏。そう聞いて思い浮かぶのは、鏡であった。パパは、パパであり、彼氏と呼ぶのにはしっくりこない。とはいえ、鏡が世間で言うそのような存在なのかどうかはわからない。友人と呼べる存在に乏しかった私は、彼が初めての友人といえば、そのような気もする。

それから、二人の追及が始まったところで、郵便が届いた。

不思議と二人との会話は心地のよいものだったが、「ほら、仕事、仕事」と、逃げるように荷物を受け取りに行くと、女の子たちは、勝手に私の彼氏が誰かと何人かの名前を出しながら遊んでいた。

郵便の中に、一通、私宛の封筒が入っていた。そんなことはこれまで勤めていた中で一度もない。もう一度宛名を見ると、確かに受付、藤崎美生様となっている。

（何かのダイレクトメールだろうか）

裏を見ると、「株式会社スターダスト　堂本」とある。

（スターダスト？）

記憶の片隅に引っかかっていたものが大きくクローズアップされていく。初めて会ったときに鏡が言っていた言葉だ。

（いやぁ、スターダストって昔、大学の仲間でつくった会社だったんだよ）

堂本と幸彦も確か同じ大学だったはずだ。ということは……。私は、女の子たちに断りを入れてからトイレに駆け込んだ。そして、封筒を開封する。

「○月△日　二十一時　○○公園の○駅側の入り口。仕事があっても休んで来い」

（やっぱり……）

日付は明日だ。生憎《あいにく》なのかどうなのか、その日は夜の仕事は入っていない。幸彦からではなく、堂本からの呼び出し。逆に何を言われるのか想像がつかず、不気味である。私が受付に戻ると、私の「オーラ」が先ほどと違うことに気づいてか、女の子たちは話しかけることはなかった。

この辺りは夜でも蝉が鳴く。指定された場所に着いた私は、蝉たちの鳴き声が咲き乱れる中、堂本のことを待っていた。もう、二十一時を十分以上過ぎている。けたたましい騒音に気をそがれそうになったので目をつぶり、公園の入り口を示す石垣に立ったまま寄りかかった。それからどれくらいの時間が過ぎただろうか。ふいにドンという石垣をつく音と、微かな震動を感じ、目を開けた。

見ると、私の顔のすぐそばの壁に手をついた堂本が、私のことをじっと見つめている。いつもは鋭く光る眼光がどことなくうつろで、鈍く光っており、吐く息の匂いで、彼がひどく酔っ払っていることが想像できた。

「なんだよ。随分待ったような顔をして」

腕時計を確認すると、確かに二十分以上待っている。パパだったら今来たところなのにと言うところだが、私は遠慮なく「そうね」と言い返す。彼は「ふん」と鼻を鳴らすと、公園の中に入っていった。私は辺りを気にしながら中に入っていった。夜中に来たことはなかったが、随分と人気《ひとけ》のないところである。たまに、外れにあるホテルに向かうカップルや浮浪者があてどなくさまよっているだけだ。自然と警戒心が増す。

先を行く堂本は足元をふらつかせ、右に左に蛇行している。私は、その二、三歩後ろを歩いている。

五分ほど歩いただろうか。木が覆い茂っている場所にひっそりと佇むベンチを見ると、「あそこでいいか」と独り言なのか、私に同意を求めているのかわからないボリュームの声で呟いた。どちらにしろ私に選択肢はない。堂本の横に腰をかける。

堂本は膝の上に肘をのせ、頭を抱え込んだ状態で話を始めた。

「お前は、幸彦とはどうなってんだ」

「幸彦さん？　別にどうもないわよ。それはあなたが一番よく知ってるんじゃないの？」

どうもこうもない。そちらから何か仕掛けてこない限り、こちらからどうこうすることはない。結婚する意志がないのは、前に会ったときにはっきり告げたはずだが。堂本は、気だるそうに顔を上げると、いつものスポーツマンらしい爽やかさが嘘のような、じとっとした視線を投げかける。

「てめぇ、何様のつもりだ。娼婦のくせに」

私の自尊心でも傷つけたかったのだろうか。確かに体を売って報酬をもらっている限り、それは事実だろう。別に事実を述べられたところで、「だからなに」としか言いようがない。

「何様のつもりだとか、よくわかりません。とにかく、結婚の話でしたら、お断りしたはずです。その話でしたらもういいでしょ。帰らせていただきます」

私は、立ち上がろうと腰を上げた。すると、堂本は、それまでとは想像できないような素早さで立ち上がり、私の両肩を押さえ、強引にベンチの背もたれに押し付けた。

「痛い」

私は激しくベンチに打ち付けられた。

「幸彦はなぁ、お前みたいな汚れた人間が近づいていい人間じゃないんだよ」

「汚れているかどうかは私が決めることよ。あなたに言われたくない」

言い終わるか終わらないかのうちに、「パン」という破裂音とともに、左頬に鋭い痛みが走った。一瞬、何をされたのかわからず、動きが固まる。そのあと、ひどく痛み始めた左頬をさする。

「口数の減らない女だなぁ。この野郎」

もう一度手を振り上げられ、私は目をつぶり身を固めた。堂本は振り上げた手を素早くおろすと、私のブラウスを引っ張りあげた。鈍い音とともに、ボタンが弾け飛び、私のブラジャーが露わになる。

「どこが汚れてないんだよ。え？　何人もの男に揉まれたんだろ？　この胸は」

ブラジャーの上から、思いっきりわしづかみにされる。

「痛い、痕が残ります」

「残してんだよ。もう誰にも、幸彦にも裸を見せられないようにな」

完全に目が据わっている。このような酩酊状態の男の相手は何度かしたことがあるが、余計なことはしてはいけない。腕力のない私は到底歯向かうことはできない。早く相手の欲望をかなえて、やり過ごすしかないのだ。

「幸彦は、お前の話ばかりだよ。仕事でなかなか会えなかったからな。仕事が一段落したら、お前にもう一度、この前の詫びとともにプロポーズするんだとさ。あの野郎、さんざん犯しておいて、お前に申し訳ないなんて言ってるんだぜ」

幸彦の怜悧な顔が頭に浮かんだ。あの人でもそんなことを思うのかと思うと、意外であった。

「そして、今度は、裕二まで、たぶらかしやがって。このさかりのついたメス猫が」

(鏡さんとのことまで知っているの?)

恐ろしいほど怒気をはらんだ口調から発せられる危機感に私は身をひるがえして立ち上がると、その場から逃げだ出した。しかし、数メートルも行かないうちに、私は後ろから羽交い締めにされて持ち上げられる。

「離して、離してよ」

足をばたつかせるも、堂本はびくともしない。私はベンチではなく、茂みの中へと連れていかれ、そこにあった大きな木に押し付けられた。

「なぁ、俺にも味わわせてくれよ。その男を虜《とりこ》にするお前の体を。前は口だけだったからなぁ」

首元にざらついた感触がした。堂本が私の首を執拗に舐め始める。

「いや……や……やめて」

身をよじらせるが徒労に終わる。私は、もはや素直に従うしかなかった。

「おい、いくらだよ、お前は。金なら俺もあるぜ。払ってやるよ。この阿婆擦《あばず》れが」

堂本は吐き捨てるように汚い言葉を投げつけると、その大きな手で私の体をなぞるように下へとおろしていく。そして、タイトスカートを思いっきり引っ張りあげると、パンストとショーツを力強くつかみ、太腿の辺りまでずりおろした。

「やだ……やめて……」

もはや、このような格好なら逃げ出すわけにはいかない。堂本の指が、太腿、そして、私の無防備な秘部へとたどり着いた。そして、乾ききった蜜壺を荒々しく触り始めた。

「おら、どうした。あのときのように、喘げよ。ここならあんときよりかは大きな声を出せるぜ」

こじ開けるように蜜孔に太い指を突っ込むと、激しくいじり始めた。

「いたっいたいぃぃい」

乾いていたところに無理やりねじ込まれ、ひりひりとした痛みが襲ってくる。しかし、一向にやめる気配がない。それどころか、だんだんと指の動きはスムーズになり、生まれたばかりの蜜が地面へと滴り落ちた。

（やだ……こんなの……どうして……）

思いと裏腹に、次から次へと湧き出る蜜泉を、彼は指でこすり続ける。そして、もう片方の手でホックのつながったままのブラジャーを強引にかき分けると、胸の先端を親指と人差し指でつまみ上げた。

「はひっ」

ワイヤーが胸に食い込み、快楽というよりも痛みで思わず大きな声が出る。

「あらあら、大洪水だよ。この前もこんなに濡れたのか？　幸彦のときも。ここでヤツのペニスをのみ込んだんだろ？」

指が奥に入ると、円を描くようにかき回される。

「くぅぅうん」

すっかりと火がついてしまった体に、激しい快楽の波が襲ってくる。

（お願い、これ以上は感じないで）

自分の指を噛み、波が収まるのを待つが、堂本の指はとどまることを知らず、指を出し入れしながら、大きく膨れ上がり、顔をのぞかせた花芯を刺激する。

「あ……くひぃぃ」

喘ぎ声と同時に口から指が離れると、私の体は、一気に煽られ、立っていられないほどざわめき始める。

「おいおい、こんな公共の場で、こんなに濡らしているやつのどこが汚れてないんだよ」

耳元でささやかれて思わず身を硬くする。暗闇から誰かが見ているような気がしてくる。

（やだ、誰かに見られちゃう……）

不安は、媚薬となって、より一層体を熱く火照らせる。

「あぁぁああやだ。私……」

両脚がびくびくと震え、立っているのもやっとな状態だ。

「おい、木に手をついて、尻を突き上げろ」

「いや。こんなところで……これ以上は……。せめてホテルかどこかに……」

堂本がぐっと髪をつかんで、私の顔を自分の方へ引っ張る。

「誰が俺に意見していいって言った。今のお前は喘ぎ声を上げる単なるおもちゃだ」

殺意すら感じる鈍い眼光が私の心を折る。苔の生えた巨木に手をつくと、ショーツとパンストを完全に足から外された。そして、堂本はそれを暗闇の中へと放り投げた。

「えっそんな！　帰りは……」

すぐに口が塞がれる。私は力なくうなだれると、また木を両手について、お尻を突き上げた。堂本は、尻肉をわしづかみにして、左右に押し広げる。

「くんん」

濡れそぼった蜜壺に風が吹き付け、思わず身震いをした瞬間、蜜口に硬いものが当たる感触がした。会議室で、さんざん舐めさせられた、堂本の巨大な肉棒が頭に浮かぶ。

（あんなものが私の中に……）

そう思ったとき、遠くで、若いカップルらしき人物の話し声が聞こえてきた。ホテルに向かっているのだろうか。女性の方はやたらと甘い声を発している。

「ほら、ひ……人が……」

体をひねって懇願しようとしたところで、私の蜜口が一気に貫かれた。蜜穴が引き裂かれるような痛みが襲ってくる。私は必死に木にしがみついて、膝から崩れ落ちそうになるのを耐える。

「ほう、なかなか、いいじゃないか。幸彦たちがハマるのも少しは理解できるな」

体の中を、今まで感じたことのない圧迫感が襲う。

「はひっはひっ」

息をするのが苦しくなってくる。そんな私の様子などお構いなしに、腰を荒々しく揺さぶり始めた。私の蜜壁すべてが、堂本の肉棒によってこすられていく感覚だ。刺激が一度に膨れ上がり、全身に素早く拡散されていく。

「あうっひぃぃぃい」

野性じみた喘ぎ声が夜の闇へと放たれる。腰を動かされるたびに気がどんどん遠くなっていく。

「おい、今、喘ぎ声が聞こえてこなかったか」

「えッ？　うそ。ヤダ」

「おい、行ってみようぜ」

「えーやめときなよ」

そう言いながらも、足音はどんどん大きくなっていく。

「ははっ、よかったじゃないか。見てもらえて」

堂本の肉棒が、より膨らみを増したような気がする。

(だめ、来ないで、お願いですから。こんな格好を見られたら)

堂本にとってもこんな醜態は見られたくないはずなのだが、腰をぐっと引き寄せ、子宮口の辺りを思いっきり刺激した。

「お……奥、奥にぃぃぃ」

すぐに口を閉じる。足音に耳を澄ますと聞こえなくなっている。

(よかった。どこかへ行ったんだ)

「うわぁ、何これ……」

「すげえなぁ……どんだけビッチなんだよ」

興奮した男の声と軽蔑の混じった女の声が、すぐ近くで発せられたのが聞こえた。

声がする方には目も向けられない。

(……見ないで。私を……お願い……)

二人の言葉に一瞬、腰の動きを止めた堂本が、またリズミカルに腰を打ち始める。

「はぁ……だめぇ、だめなの」

肉を打ち据える音と私の嬌声が観衆に届けられる。

「うわぁっ、すげーなあの女」

「きもっ。最低。ねぇもういくよ」

引きずられるような音が聞こえると、足音が遠のいていった。

（やだ、見られちゃった、見られちゃったよ）

羞恥が蜜壺をより敏感にさせた。もうどうなっても構わない。私は、本能に身を任せ、喘ぐだけ、喘いだ。

「ほら、あいつも言ってただろう？　お前はビッチだって。汚れたクズ女だって」

首を振って否定するが、声にはならない。

「あっくうぅぅうう」

体の中に大きなうねりがやってきているのがわかる。

（もういい。お願いイカせて。楽にさせて）

自らも、巨肉を奥へいざなうように、腰を振る。

「はは、やっぱりメス犬だな。お前は」

あざけるように何度もそう言いながら、尻をはたき始める。すべての刺激が快楽へとつながっていく。

「そろそろ終わらせてやるよ。お前の膣内にたっぷりと注いでやる」

「ひぃぃいいい。あぁもうだめ……ダメ……」

腰を激しく揺さぶらせながら、私は果てた。力なく崩れ落ちた私に覆いかぶさるようにして、腰をぐっと押し込み、最深部までたどり着かせると、熱いしぶきをたっぷりと私の蜜壺に注ぎ込んだ。

私は立ち上がれず、座ったままあおむけになると、木にもたれかかった。夏の夜の風にさらされ、自分の火照った体温と体の疼きが急激に冷めていくのを感じながら、荒くなった息を整えた。

堂本はそんな私を見下ろしながら、すっかりとしょぼくれてしまった肉棒を、まるで残尿を絞り出すように手で上下に振り、余った雫を私の体に振りかけた。

急にお腹に衝撃が走る。堂本の足が私のお腹を踏みつけていた。

「ぐふっ」

くぐもった声が漏れる。

「どうして、どうしてお前なんだ。幸彦も、裕二も」

「裕二が俺に言うんだよ。恥ずかしいから幸彦には言うなって前置きしてから好きな人が出来たって。俺は喜んだよ。あいつはずっと彼女がいなかったからな。名前を聞いたら、お前じゃないか。なんでだ。なんで俺たちの、幸彦の周りにまとわりつく。なんでなんだよ」

足に力が入る。私は苦しさに咳《せ》き込む。

「俺の方が、俺の方が、幸彦のことを知ってる。あいつが小さいときから。いつもあいつは、俺の後ろに隠れて……そして……俺がいつも守ってやってたんだ……。お前が幸せを奪ったんだ。お前が！　なんでこんなやつが……それなのに、お前……おま……」

最後は言葉になっていなかった。

（私が幸せを奪ったのか……）

目をつぶり、その言葉を頭の中で反芻《はんすう》する。私は、そのようなことをこれまで、二回言われたことがあった。一度はママに。そして、もう一度は彼女の葬式で……。

（そう……私がいると……他人が不幸になるの……）

私は力のなくなった彼の足をゆっくりと外し、立ち上がる。顔を覆う堂本の手から、涙がこぼれ落ちていた。私はその涙を指でそっとぬぐう。

払いのけようとする堂本の手をぎゅっと握り、涙で潤んだ目をじっと見据えた。

「ごめんなさい。私が悪かったわ。私、会社を辞める。あなたたちの前から消えるわ。だから安心して」

私は泣き続ける堂本をぎゅっと抱きしめると、ついた土を払い、スカートだけ整えると、一度も振り返ることなく、その場を立ち去った。

公園の近くでタクシーを拾うと、運転手は「どうしたの？　大丈夫かい」と言いながらも、ちらちらと好奇の視線を送ってくる。これは罰だ。人を不幸に陥れた私の……。

（もう、私は、鏡に関わっちゃいけない。最後にお別れを言わなきゃね）

むき出しのままになっている秘部の痛みとともに、そう胸に刻み込んだ。

私が退職の旨を伝えると、会社は一応、引き留めてくれたが、結局は、あっさりと一週間後に退社が決まった。

最終日、一緒に働いていた女の子たちが、花束と短い手紙をくれた。更衣室でその手紙を開けてみる。内容は、ありきたりな別れの挨拶だったが、なぜかとても心に響き、意外にも涙が出てきた。

私は、まだ忙しく走り回っているサラリーマンたちを横目に家路につくと、自宅の電話の留守電ボタンが光っていることに気がついた。

（パパ）

私は花束を抱えたまま電話に駆け寄り、ボタンを押す。

「美生。仕事が長引いて。もうしばらく帰れなさそうだよ。寂しい思いをさせてごめん。その分、たくさんお土産を買ってくるから」

今日の朝の九時に留守電が入っていたことを機械が教えてくれたのを聞き終えると、私はテーブルの上にもらった花束を力なく置き、エアコンの電源を入れ、ベッドに身をうずめた。エアコンが起動する音だけが聞こえてくる。

（私は、また、一人ぼっちになったんだ）

そんな気がした。


三週間後、前々から鏡と約束をしていた通り、ホテルではなく、駅で待っていた。

「なんかその方が雰囲気が出るじゃん」

そのとき、さも名案を思いついたかのようにはしゃいだ鏡の顔が浮かび、心がちくりと痛んだ。笹原に言えば、鏡とはそれっきり会わないようにはできた。しかし、おそらく、うぬぼれなどではなく、鏡はひどく傷つくだろう。そんな鏡の姿を想像して過ごすことに、自分が耐えられなかった。

（せめて、私から別れを告げて、鏡が傷つかないようにしなくちゃ）

今日は、彼が前に、似合っていると言ってくれた白いストールを肩にかけ、薄緑のワンピースを着てきた。覚悟を決めて来たのに、せめて、最後は、あなたがかわいいと言ってくれる私でいたいという思いを捨て去ることができなかった。

時計を見ると、待ち合わせの時間まで、あと十分ほどだ。そろそろ来るなと思っていると、遠くの方から鏡が小走りでやってくるのが見えた。一目見て、先ほどまでの決意は一気に吹き飛び、今日会うことにしたことを一瞬にして後悔した。仕事帰りなのか、グレーのスラックスに薄水色の半袖シャツを着ている。いつものように、屈託のない笑顔を向けてくる鏡。自分の目の前で、その顔が悲痛に暮れるのを見るのは、とてもではないが耐えられる気がしなかった。

「お待たせ。待った？　ちょっと早く来ちゃったから」

「ううん。ぜんぜん」

いつも通りのやり取りが心地よい。その日は、私が前から見たいと言っていた絵画展を見に行くことになった。絵にはまったく疎い鏡は、私の説明（といっても、本やネットで仕入れた浅い知識だが）にいちいち感心をしてくれる。私は今日の目的も忘れて、思わずはしゃいでしまった。夕食は、おふくろの味が食べたいという鏡の要望で、この間、笹原と行った定食屋へ向かった。居酒屋代わりに使うサラリーマンで、店はごった返していた。今をときめく社長が来るには場違いのように感じたが、頼んだ肉じゃが定食をおいしそうにほおばっていた。

「美生ちゃん。食欲ないの？　ここおいしいよ」

（知ってるわよ。私があなたに食べさせたくて連れてきたんだから）

そんなことを考えながら、あまり食べない私を心配そうに眺める鏡に微笑みかけ、一口、二口と箸を進める。結局、大好きな鯖の味噌煮も半分以上は食べられず華奢なくせに大食漢の鏡の胃袋に収まることになった。

そのあとは、いつものようにホテルへと移動する。

(言わなきゃ、言わなきゃ。これ以上、思い出を積み重ねてどうするのよ)

自分の意気地のなさに腹が立った。ホテルに入ると、鏡はいつも通りシャワーを浴びようとする。

(ここを越えてしまったら、もう言えなくなる)

私は、意を決すると、両腕をいっぱいに横に広げ、鏡の進路を止める。

「え? 何それ美生ちゃん。新しい遊び?」

目が輝いている。

私はその視線を避けると、小さい声で「今日は鏡さんに話があるの」と呟いた。

もう会わないと言われるとは、つゆとも思っていないのだろう。さも興味深そうに先を聞いてくる。もう一秒でも早く、この場から立ち去りたかった。

「鏡さん。もう私はあなたと会えません」

単刀直入に切り込む。何を言われたのか理解していないのか、小首をかしげている。

「どうして？　どこかに移り住むの？　だったら僕も言いたいことがあるんだけど……」

自分の話を始めようとする鏡を目で制する。

「あなたはあくまでお客様。もう、これ以上、このような関係は続けられません」

「だからどうして？」

私は、今までの人生で最も悲しい嘘をつく。鏡に対しても、そして自分に対しても。

「あなたが、嫌いだからです」

一度吐き出すと、言葉はスムーズに続いていく。

「お仕事だから続けてこられましたが、限界です。人の話は途中で遮って自分の話ばかりするし、自分が興味を持つと私をほっぽり出して駆け出していくし、高校生みたいなデートコースしか行かないし」

理由をつけるのは簡単だった。私が鏡の好きな部分の真逆を言えばいいのだ。いくらでも出てくる。

「甘いの好きで、お酒も飲めないし、寝顔なんてまるで子どもだし、いつも仕事の話ばかりだし、食べ方も子どもっぽいし」

鏡は、悲しそうな瞳でじっと私のことを見つめている。大丈夫だ。その姿を見ても心は何も感じない。

（大丈夫）

「第一、毎週会うというのは、耐えられません。私にだって他にお客様がいますし。オーナーもちょっと警戒を強めてるんですよね。ストーカーじゃないかって。そう、思い出した。あと、あなたの笑い顔が嫌い。子どもっぽくて。もう三十超えているんですよね。信じられません」

もう一息だ。

「そう、それに、あなた結局、添い寝しかできないじゃないですか。私も、こういう職業しているだけあって、Hが大好きなんですよ。だからあなたと会うと欲求不満で、本当に迷惑なんです。だから二度と会わないでください。もし、店に連絡しても、私とはもう会えませんから」

少し息が荒くなっているようだった。喉がひどく渇く。興奮をしているのか、体の震えが止まらない。頭が鈍くしびれていて、自分の体ではないような感覚がする。

「わかったよ。もう会わない」

私は全身の力が抜けているのを感じた。震える足で、なんとか体重を支える。

「じゃあ、そういうことで。今後は、よろしくお願いします。今日は、もう帰らせていただきます」

声が震える。私はそのまま踵《きびす》を返してドアに向かおうとした。

「じゃあ最後に一個だけ質問させて」

私は、去りかけた足を戻し、もう一度、向き合う。見ないようにしていた鏡の姿が目に入ってしまい、慌てて、遠くの夜景へと目を移す。これに答えたら、もう走って出よう。

「なんで、美生ちゃんは泣いてるの？」

「なに……え？」

放心状態の私の顔から雫が頬を伝い、赤い絨毯を濡らす。そして、一粒、二粒。次々と落下していく雫をじっと見つめる。手の甲で頬をこすり眺めると、そこは、湿り気を帯びていた。

「やだ、なに？　私、私、泣いてなんか……」

「泣いてるよ」

荒々しく両手で顔を拭く。しかし、拭いても拭いても涙は次々と瞳から溢れ出す。

「やだ、これは……、これは、ちがう。そう……うれしくて……そう。あなたと……これ以上……」

何度も目元を拭き取ると、マスカラがべったりとついている。

「もうやだ、化粧まで……。もう……いいでしょ……いくよ」

私は気がついてしまった、私がどれだけ、彼のことを見ていて、どれだけ好きかということを。でも、もう……。逃げるように駆け出す。

ドアノブに手をかけたところで、後ろから抱きつかれた。すらっとした、いつも添い寝のときにはつないでいた手が私の視線に飛び込んできた。私は体の力の全部を奪われてしまった。もう抵抗することもできなかった。

「美生ちゃん。泣かないでよ。大丈夫。大丈夫だから」

巻かれた腕の力がぎゅっと強くなる。満ち溢れた感情が、彼の腕を濡らす。私は、まるで子どものように、声を上げて泣き続けた。彼は、「大丈夫。大丈夫だよ」と何度も言葉を紡ぎ、頭を撫でてくれた。


泣き疲れた私をベッドに落ち着かせると、いつものように二人は同じベッドに入った。そこで、私は幸彦のこと、そして、堂本のこと、すべてを話した。

「軽蔑したでしょ。あなたが慕ってくれている私は、こんな人間だったのよ」

鏡はそっと、私の髪を撫でてくれた。何度も何度も、また泣きだした私が泣きやむまでずっと。

「私といると、あなたが不幸になるかもしれないわ」

鏡の横顔に私は、そっと呟く。

「幸福か、不幸か。そんな大切なことは、他人が決めることじゃない。自分で決めることだよ。もし、他人から不幸だと思われても、美生ちゃんといれば僕は幸せだよ」

私は、さっきの別れ話のときに、言い忘れたことがあったことに気がついた。こういう恥ずかしいセリフも真顔で言うところが嫌いなのよと。

私たちはどちらともなく、顔を近づけ、軽く口づけをした。甘い調べが、口元から耳へと伝わり、体をくすぐる。すると、突然、鏡が噴き出し、声を上げて笑いだした。

「ごめん、ごめん。美生ちゃんのメイクが崩れてて。頬に黒い線があるから」

笑い声をなんとか押し殺そうとしている鏡を見て、私は恥ずかしさのあまり、かっと体が熱くなる。

「ごめん。直してくる」

急いで立ち上がろうとすると、鏡は腕をつかんで動きを止めた。

「今日はそのままがいい。今日はそのままの美生ちゃんがいいんだ」

私はぎゅっと彼を抱きしめると、そのままの勢いで彼の唇を奪い、舌を彼の口の中に滑り込ませた。

(愛してるわ、鏡さん)

祈るような思いを込めながら、私は、彼の口の中すべてを味わい尽くす。お互いの熱を吸い尽くすように、唇を重ねる。息をするのも忘れ、息苦しくなって、そのことに気がつく。一度、口を離すと、二人の白糸が絡まり合い、短いアーチを描いた。これから始まる甘美な道へと続く愛の架け橋。そんなふうにも感じた。

私たちは何度も何度もとろけるような口づけを交わしながら、白いシーツの上で、絡み合うように抱きしめ合った。胸と胸が重なり合い、鼓動と鼓動が一つになる。

「鏡さん」

「美生」

熱っぽい声で、二人して何度も名前を呼び合う。そのたびに、二人の体の奥に小さな灯がともる。急に、鏡が動きを止め、下にいる私をじっと見つめたまま動かない。私は急に恥ずかしくなって、体を少し動かし、視線をそらす。

「美生」

その声に導かれるように、また彼のビードロのような澄んだ瞳が私に向けられる。

「僕……美生のことが欲しい……」

(でも……)

切なげな声で発せられた言葉に、じんと下腹部が疼く。

もしかしたら、二人は結ばれないかもしれない。そうなると、鏡はショックを受けるだろう。私の心は熱くくすぶりだした下腹部とは真逆に、不安で固まり始める。

「大丈夫。もし、ダメでも。そのときは、また挑戦すればいいでしょ？　だって僕たち、これからずっと一緒だから」

笑顔でさらりと言える鏡に、噴き出しそうになる。だが、ずっと一緒、そうなればいい、と私も思った。

二人は立ち上がると、お互いの服を脱がせ始めた。私は、彼のシャツのボタンを外し、ズボンとパンツを一緒に下げた。華奢な体だが、引き締まったウエスト、すらりと伸びた手足、透き通るような肌に目が奪われる。初めて見る彼のうなだれたままの性器。男らしいとは言いがたいが、かわいらしく佇むそれに愛しさが込み上げてくる。彼は照れくさそうにワンピースを肩から脱がし、じれったそうにブラジャーのホックを外すと、ショーツを脱がせた。私の胸が彼の目前にさらされた。まだ、触れられてもないのに、胸の先端部分が硬く膨らんでいるのが少し恥ずかしかった。

二人はピッタリと重なり合うように抱き合うと、また体温を交換し始める。幾度かキスを重ねたあと、私たちはベッドへと寝転んだ。私は彼の上へまたがる。

「あなたのすべてが欲しい」

私は祈るように心からそう言うと、もう一度、唇をついばみ、首筋、鎖骨と舌を上半身から下半身へと口づけしていく。そして、彼の白い肌に淡い彩りを加えているかわいらしい乳首へと舌を這わせた。鏡の体が、ピクリと震える。

（乳首が気持ちいいんだ……）

私は優しく舐めながら、もう片方の乳首を指で優しく撫で上げる。

「……んっ……」

ほんの少し膨らんだ乳首を乳輪ごと吸い上げ、もう片方は小さな円を描くようにこね始める。ふいに、乳首を舐めている私の髪を彼がそっと撫でた。

「……美生ちゃん……愛してるよ」

彼の声を聞いて、私の胸ははちきれそうなほど高鳴る。

（彼は今まで、どれほどの思いを注いでくれていたのだろう。それなのに私は……）

もっと触れたい。心の底からの思いを舌にのせ、執拗に舐め上げる。ちゅうちゅうというやらしい水音が私の脳をとろけさせる。

「ん……くぅ……」

気持ちよさそうな吐息が彼の口から確かに聞こえてきた。

（もっと、もっと気持ちよくなって）

私は、脇腹から下腹、へそまでを丹念になぞりあげる。そして彼の脚の間に私の頭を入れた。内腿を舌でなぞったあと、彼の性器を見据える。

「男の人にこんなこと言うと怒られるかもしれないけど……。鏡さん。とってもかわいい」

一瞬、鏡は苦笑いを浮かべたが、たおやかな笑顔を浮かべ頷いてくれた。

私は壊れやすい硝子の器でも扱うように、ゆっくりと彼の包皮を手でずらす。中からはピンク色の肉棒が顔をのぞかせた。

「痛かったら言ってね」

私は、先っぽに、挨拶代わりに軽くキスをすると、静やかな性器を熱い口内へとのみ込んでいく。むせ返るような男の匂いに頭がくらくらする。味わうように息を吸い込んでは喉に押し込む。

（これが、鏡さんの……）

夢心地に包まれ、私はうっとりと目を細める。そして、私の唾液を念入りに塗りたくると、くちゅくちゅと音を立てながら吸い上げた。

「ひんっ」

舌が鈴口に触れると、痛かったのか、びくりと体を反らせ、内腿が私を強く締め付ける。

私は舌で嬲《なぶ》るのを諦め、喉元をゴクリと鳴らし、唾液と一緒に根元まで一気に口に含んだ。

「はぁあ」

安堵感を含んだため息が漏れ聞こえた。私は鏡の反応を見ながら口をすぼめ、ゆっくりと頭を上下させていく。

「美生ちゃん、かわいいよ。美生ちゃん」

気持ちいいのか、女の子みたいにシーツをギュッと握り締めている。私は陰嚢を優しく手で撫でながら、肛門部分も刺激する。

「くぅぅううう」

(やっぱりここも感じるんだ)

初めて体を重ねるのに、初めてじゃないような気がする。鏡の感じるところが私にはよくわかった。菊孔と陰嚢をゆっくりと愛撫しながら、口の圧迫を強くしていく。すると口の中で徐々に性器が膨らみ始めるのがわかった。

「はぁ、気持ちいいよ」

(感じてくれている)

私は、恍惚《こうこつ》としてその声に聞き入った。陰嚢を撫でていた手で今度は、徐々に硬さを帯びてきた性器の根元を握り、上下に揺らす。そして舌は亀頭を優しく撫で回していった。

(もっと、もっと私の中で、気持ちよくなって)

「美生ちゃん、僕、僕……」

鏡がそう叫んだとき、性器が突然跳ね上がり大きく膨らんだ。あまりの突然の出来事に、私は肉棒を喉の奥まで突き刺してしまって、むせてしまい、口を離した。すると、眼下には、しっかりと屹立している私の唾液で、コーティングされた性器があった。

「美生ちゃん。好きだぁ、大好きだ」

こらえようのない悦びを大声で吐き出すと、鏡は体を起こし、彼のものをくわえたばかりの口にキスをしてくれた。彼の舌が私の唇を割って入り、優しくマッサージをするように撫で上げる。

（鏡さん……鏡さん）

ぎゅっと彼を抱きしめる。体中が愉悦に満ち溢れ、彼と触れ合っている部分が怖いくらいに熱くなっていく。

鏡は、口を離すと、「今度は僕が……」と私の胸を撫でようとする。私が、その手を遮ると彼は目をパチクリさせた。

「もう、私、入れたい」

彼をまじまじと見つめ、懇願する。

「でも……」

困惑の表情を浮かべる彼の手をつかみ、そっと私の下腹部へと運ぶ。愛撫といえば、キスをされたぐらいだろうか。にもかかわらず、私の蜜壺からはだらしなく愛液が滴り落ちていた。

「お願いします。私の中に入れてください」

彼はたおやかな笑みを投げかけながら、ゆっくりと頷く。私はまだ十分な硬さを残す彼の性器をしっかりと握り締めると、私の蜜口にあてがい、ゆっくりと沈めていった。彼のものを待ち焦がれていた肉襞《にくひだ》が、ぎゅっと抱きしめる。私の体の中すべてが、彼の性器で満たされていくような、そんな感覚を覚えた。

「入った、入ったよ」

私の目尻から、涙がこぼれ、彼の白い肌に染みをつくる。彼の目も涙で揺らいでいる。気が遠くなるほどの快楽が溢れる。もう、今すぐ果てたとしても、私の心は一分の隙もなく幸福で塞がれていただろう。

鏡が照れくさそうに笑いかけてくる。私もつられて笑みがこぼれる。

「美生ちゃんの中、あったかいね」

私は頷く。

「ぴったりだね」

何度も何度も頷く。私は、身をかがめて彼の涙をそっと拭き取ると、ゆっくりと腰を回し始めた。

「くぅぅうう」

口元から滑り落ちる喘ぎ声を抑えることなく響かせる。私が、どれだけ気持ちいいか、どれだけうれしいかを鏡に知ってほしかった。

大きさの割に広がっている亀頭が、引っかくように肉壁を刺激する。胎内でまた一回り大きくなっていく鏡の存在を感じて、蜜泉が悦びのシャワーを浴びせかける。

「すごいよ、美生ちゃんの膣内。ほんとに」

「もっと……もっと、あなたを刻み込んで」

私が小さく腰を揺らすと、鏡も腰を揺らす。

背中にもゾクゾクとしたしびれが走っていった。

「くぅう」

彼が苦しそうに、声を上げる。イクならイッてほしい。早くあなたのもので満たしてほしいと思っていると、彼は私の腿を押さえて、私の動きを止めようとした。

「鏡さんどうしたの？」

彼は口ごもりながら、「僕が上でしてみたい。ほら……僕も男だし、年上……」と打ち明ける。鏡の口から男、年上という単語が出てきたのがあまりにも意外で、新たな一面を見つけられた悦びをかみしめる。

私は一度彼の性器を抜くと、ベッドに寝転がった。私の蜜壺が空虚になった寂しさに寒気立つ。彼は大きく広げた私の両脚に腰を持ってくるが、そこでぴたりと動きを止めた。

（大丈夫よ）

声には出さず、心の中でそう叫ぶと、私は愛液まみれの彼の性器をしっかりとつかみ、微笑みながら秘裂へと引き入れる。

もう十分にほぐされた私の蜜口は、ぎこちなく動く彼のものをもぐちゅりと音を立ててのみ込んでいく。

「あ……鏡さ……んあん、いい……っ」

熱く灼《や》けた性器が、再び私の中をこじ開け、瞬間的に理性を焼き切ろうとする。

鏡はゆっくりと慎重に、腰を動かした。静かな抽送は、享楽への助走となった。しばらくすると、下腹部から全身へと向かって快楽が駆け抜け始めた。次第に粘着質な液体がこすれ混ざり合う音が大きくなる。鏡は身をかがめ、ぬるついた舌を絡ませ合い、上気した顔に愉悦をにじませながら、胸の膨らみを手いっぱいに受け止める。

手のひらに乳首が触れると、私の体が一度に高ぶる。

「くうぅぅうう」

私の反応を見ながら、まるで、初めてのおもちゃを与えられた赤ん坊のように、好奇心いっぱいの目をして、乳首を優しく触ったり、つねったりした。瞬間的な悦楽に体が反応する。私は、たまらず、脚を大きく開くと太腿に彼の手を置いた。

彼は私の太腿をぐっと自分の体へと引き寄せる。小刻みにのた打つ肉壁に誘引されながら、奥深くに送り込まれた。

「はぁん」

大分慣れてきたのか、鏡の腰の抽送が速く、より深くなっていく。

「気持ちいい……き……ん……い……鏡さ……ん……は？」

彼は頷きながら、額に汗を浮かべ、無我夢中で私の奥に自分の肉棒を突き立てた。

（そんなに一生懸命に……私のために……）

そんな彼と、もっとこのままつながっていたい。もっと深く、いつまでも……。しかし、私の体中を駆け巡り、体を埋め尽くしていった快楽は、私の体内では収まりきらず、体から今にも溢れそうである。

「美生ちゃん、美生ちゃん」

鏡は動物的な叫び声を上げると、腕に力を入れて激しく腰を打ち立ててきた。二人の体がより密着し、彼の性器が子宮口にまで届くような感覚を受けた。奥からジンジンとしびれてくる。

肉と肉がぶつかり合う音。ベッドのきしみ、荒い呼吸、すべてが遠くに聞こえ始める。

「ねぇ、わ……し……もう……」

喉が渇ききり、きちんとした言葉を発することができない。

「ねぇ、いっ……しょ……一緒が……」

「あぁ、美生ちゃん、僕も……イクよ……」

熱く震える襞を荒々しく出し入れすると、熱棒を膨張させていく。

「くぅ出る」

彼はそう叫ぶと、ぐっと腰を密着させ、私の奥深くで、熱を注ぎ込んできた。

「あくふぅあああぁああ」

体をびくりと跳ね上げながら、残滓《ざんし》もたっぷりと胎内の奥深くに吐き出されていくのが、そして涙目になって鏡が喜んでいるのがたまらなくうれしかった。経験したことのない悦びが子宮で生まれ、幸福感となって私の体を包み込む。鏡の体がのしかかってきた。そして、耳元で響く鏡の荒々しい呼吸を子守唄にしながら、私は深い眠りへとついた。

目が覚めると、鏡がじっと私のことを見ていた。

「起きてたの?」

コクリと頷く。

「何してたの?」

「美生ちゃんの顔を見ていた」

くすぐったいような喜びが沸々と湧いてきたが、よく考えたら、昨日、半分取れかけのようなメイクで寝てしまった。何やら鏡も笑っている。

「ちょっと見ないでよ」

メイクを直しに、立ち上がろうとすると、昨晩と同じように鏡が腕をつかんで私の動きを制した。

「昨日言いそびれたんだけど……」

そう言って彼はしばらく押し黙ると、ベッドに座ってみたり、寝っ転がってみたりと落ち着かない。

どうやら空が白みだし、朝日が昇り始める時間のようだ。変わりゆく空の景色を眺めながら、私は彼の次の言葉を待つ。一つ大きな深呼吸が聞こえた。

「美生ちゃん。僕と付き合ってください」

私は、寝っ転がったまま小さく頷くと、メイクは崩れているうえ、赤く染まった顔を一瞬でも見られるのが嫌で、ベッドに顔をうずめた。

そのとき、サイドテーブルの携帯が震え、「ブーブー」と乾いた音が鳴り響いた。

(笹原さんかな?)

美生はメールの受信ボタンを押す。それは、笹原ではなかった。

「急に決まったからメールで連絡。ようやく帰れる日が決まったよ。一カ月後の二十四日。今回も一週間ぐらい。でも、その次の商談が終わったら、日本で落ち着けるかもしれない。とりあえず、また会える日を楽しみにしているよ」

(パパ……)

私は、携帯をサイドテーブルに戻すと、洗面台へと向かっていった。

第四章

私と裕二が付き合うことになり、二人の中で、大きな変化が三つあった。一つは、呼び名である。

「あのね。今まであまり気にしていなかったけど、美生ちゃんって、鏡さんって呼ぶよね。絶対、裕二とか裕二さんの方が、親密な感じが出ると思うんだよ」

裕二は、さも大発見でもしたかのように、誇らしげに私に告げてきた。

「ほら、言ってみてよ」

「裕二……さん……」

微妙にこそばゆさが残るが、まぁ、彼氏、彼女という仲になったのだから当然といえば当然の主張である。

私自身は、どう呼ぼうが変わらないと思っていたのだが、確かにわかりやすい変化であり、二人の関係が以前とは違うということが名前を呼ぶたびに実感できた。

二つ目は私が夜の仕事を辞めたこと。裕二と付き合うようになった次の日、私は笹原に連絡をした。別に、裕二が仕事を辞めてくれと言ってきたわけではない。なんとなく私には、もう必要なくなったような気がしたのだ。

夜遅くまで起きている人だから朝は寝ているかもしれないと思い、昼過ぎたあたりに笹原に電話をかける。かける前、なんと言おうか、頭を悩ませた。退社させてください。お店を辞めさせてください。もう、今の仕事を辞めます。なぜか、どれもしっくりこなかった。

「それで、卒業させてくださいなの？」

私が第一声でそう言ったときに、笹原は五秒沈黙したあと、今まで聞いたことのないほどの大声で笑った。

「そんなにおかしいですか？　自分ではしっくりきたのですが」

「いやいや、こんなこと言われたことないよ。どこかのアイドルみたいだな」

私が機嫌を損ねたのをいち早く察知してか、笹原は「ごめん、言いすぎた」と言って謝ってきた。相変わらず、空気を察するのがうまい。

「なるほどね……。男とうまくいったか？」

「うん。なんでわかったの」

「この仕事を辞める理由の半分は彼氏か結婚だ」

笹原に隠し立てすることもない。相手は鏡であることを告げると、「そうかよかったな」といつもの軽い調子で祝福してくれた。

渋谷で声をかけられてから四年間。笹原のおかげでメイクもするようになった。その明るい声に救われたことが何度もあった。蘇る思い出と感謝の思いは数知れなかった。

「今までありがとね」

「こちらこそありがとうございます。笹原さんとの電話、結構好きだったよ」

笹原は笑っていた。

「最後にさ……」

後ろ髪が引かれる思いがして、黙りこくっていると、笹原が話し始めた。

「最後に、卒業生に贈る言葉として校長先生から一言」

(何よそれ)

受話器の向こうで照れながら話す笹原の顔が目に浮かぶ。

「昔、美生ちゃんが僕みたいにメイクがうまくなりたいって言ってたことがあったじゃん。メイクに一番大切なものは何だと思う?」

技術、経験、道具、必要なものは挙げれば切りがない。私が考え込んでいると、笹原が話を続けた。

「メイクがうまくなるために必要なのは、意志なんだよ。メイクってさ。自分がどうありたいかの意思表示なんだよね。かわいらしい自分でありたいと思えばかわいらしく見えるようなメイクをするし、ありのままの自分でいたいと思えば、ナチュラルメイクだったりノーメイクだったりするわけ。何も考えずに同じメイクをしているのだって、いつもと同じ自分でいたいことの表れだともとれるでしょ。

僕が美生ちゃんに声かけたのは、きれいになると思ったのももちろんあるけど、一番の理由は、メイクができていない子だったからなんだ。自分がどういう人間なのか、どうなりたいかっていうのもない。だからメイクができていなかったんだ。そういう子は、周りや環境の影響が強くて、なかなか自分で決められていないんだ。そういう子を見つけちゃうともったいないな、何かきっかけが与えられたらなと思って声をかけるんだ」

「まぁ、随分と刺激的なきっかけでしたけど」

そう言うと自然と笑みがこぼれた。確かに、あのころの私は笹原の言うメイクができない子だったような気がする。今も笹原の言うメイクができているのかわからないが。

「美生ちゃんは随分メイクがうまくなったよ。僕が保証するから間違いない。だって、自分から辞めるって言えたんだし。だからね。これからも自分の意志を大切にしてね。まぁこれが結構難しいんだけどさ。きっとメイクはうまくなると思うよ。以上、卒業生に贈る言葉でした」

照れ隠しで笑うのが、なんとも笹原らしかった。

「ありがとう笹原さん」

「まぁ、何かあったら電話してよ。もちろん復帰希望もじゃんじゃん受け付けてますんで。結構、美生ちゃん人気あったから、商売あがったりですよ。こっちは。あっ、キャッチ入ったからまたねーバイバーイ」

携帯電話は一方的に切れた。

そのようなわけで、晴れて本当の無職になった。今は、秘書検定なるものに挑戦をしつつ求職活動中である。

そして、最大の変化と言っていいのが、裕二と体を重ね合わせられるようになったこと。あれから三回ほど裕二と夜を過ごしたが、私が特に何をしなくとも、彼の肉棒は私の膣内に入る準備が整っていた。裕二との夜のひと時は、それまでに経験したことのない満足感をもたらしてくれた。

体を重ねるたびに、自分が他人を包み込めているうれしさを味わっていた。

小さな変化として、裕二は、私と付き合うことになったのを幸彦に言ったそうだ。幸彦は「なんだよそれ」と最初は驚いたそうだが、仕事の兼ね合いもあってかもしれないが、「よかったな」と言ってくれたそうだ。

そんなことがあって、一ヵ月はあっという間に過ぎていった。

二十四日。パパが戻る日が近づいてくるのを、憂鬱な気持ちで待ち構えていた。「パパ。私ね。付き合っている人がいるの」と言うだけでいい。その一言で。

パパはなんて言うだろう。怒るかもしれないし、喜んでくれるかもしれない。いずれにしろ、今までのパパと私ではいられないことは確かだ。屈託なく笑う裕二の力に満ちた笑顔と、パパの柔和な笑顔。二つの顔が、それぞれ代わる代わる脳裏に浮かんでは消えていく。

結局、何も考えがまとまらないまま当日を迎えた。

鍵を何度もガチャガチャと入れたり抜いたりする音が部屋に鳴り響き、私の体は硬くなる。やがてゆっくりと扉が開く。

「ただいま。美生。いるのか?」

いつもの低いパパの声が聞こえる。それまでの苦悩よりも久々に聞いた耳触りのよい声に私の体は反応し、玄関へと駆け寄る。そこには、スーツ姿にはあまり似つかわしくない、大量に食材の詰まったレジ袋を両手に提げたパパがいた。幾度となく繰り返してきた行動に、私の心と体は完全に支配される。

「パパ」

私はパパに飛びつく。

「おいおい、美生。危ないよ」

パパはスーパーのレジ袋を置くと、私のことをぎゅっと抱きしめてくれた。なぜなのだろう。パパの匂いを嗅ぐと心が妙に落ち着いてくる。

「さぁ、話はあとだ。まずは、買ってきたものを冷蔵庫に入れさせておくれ」

私は、床に置いたレジ袋の一つを持つと、パパと並んで冷蔵庫まで運ぶ。

「鍵が開いているから泥棒が入ったかと思ったよ。まぁこんなかわいい泥棒でよかったよ」

パパはそう言って私の頭を撫でてくれた。

冷蔵庫を開けると、パパは食材をてきぱきとしまっていく。私が手伝うと邪魔になるので、テーブルに腰をかけて、パパのことを見ている。

「それで、会社はどうしたんだい？」

「辞めちゃった。ちょっといろいろあってね。夜のお仕事も辞めたんだ。完全なるプータローですよー」

言葉を濁し、おどけた調子で言ってみた。そう言えばパパは、きっと何も聞いてこないだろうから。幸彦のこと、堂本のこと、そして裕二のこと。説明する用意も覚悟も何もできていないことに気づいた。

「だったら、一週間、ずっと美生と一緒にいられるね」

「あ……いや……その……明日は、友達と遊ぶ約束があって……」

明日は、裕二と会う日にしてある。今日、パパにきちんと話して、そのあと裕二に会う。決断を迫られていることを再認識させられる。

「そうなのか?」

眉を上げてパパが驚く。

(嘘くさかった?)

「何よ、そんなに驚いて」

「いや、『友達と遊びに行く』って初めて聞いたなと思って」

会える時間が減ったというのにうれしそうだ。

「そんなに珍しいことじゃないでしょ。ねぇ、お腹すいた。何か作って?」

実際、お腹が空き始めていたというのもあるが、とにかく話題を変えたかった。

「そうだね。パパもお昼食べていないんだよ。実は、いいワインがあるんだ。プータローの特権を生かして昼間から飲もうか」

私は頷くと、ワイングラスを用意し始めた。

パパが買ってきてくれたワインは渋みが効いたボルドーで、私の好みの味であった。もちろん、私の好みのものを買ってきてくれたのだろうが。

私は気持ちを高めようと、したたかに飲んだ。私が夜に飲もうと思っていたワインも開けた。

久々に聞くうれしそうに話すパパの声は心地よく、いつの間にか私は眠りについていた。目を覚ますと私はベッドに寝ていた。起きた気配を感じたのか、パパが水を持ってやってくる。

「大丈夫かい？　美生」

私は上半身で頷いてコップを受け取り、一気に飲み干した。少し心が落ち着いてくる。

今日はこれで終わってはいけない。私は気分を変えようと、シャワーを浴びることにした。降り注ぐ水しぶきの中で、頭をゆっくりと整理し、これからの展開を想像する。

（パパは長旅で疲れているはずだ。ベッドで話していると寝てしまうかもしれない。やっぱり上がったらすぐに……）

そんなことを考えていると、扉が開く音がして、意識を現実へと戻す。振り返ると、筋肉質でギリシャ彫刻のような美しさを携えたパパがいた。そして、もともとがそういうものだと言わんばかりに、ごく自然にパパの肉棒は大きく天に向かって突き出ていた。

「ちょっと、どうしたのパパ」

私はひどく動揺をした。

「いや、たまには一緒に入ろうかと思っただけだよ……」

確かに、別になんてことはない。いつもやっていることだ。しかし、久しぶりに雄々しく猛るパパの肉体を見ると、心の奥底にとどめてあった体の疼きがざわざわと動き始めたように感じて、ひどく心が揺らいだ。

「もう、大丈夫かい？」

「う……うん……」

私は、自分の心を落ち着かせるように、パパを背にしながらシャワーを浴び続ける。

「久しぶりだから、ちょっと気持ちが高ぶっちゃって」

私がそう言うやいなや、パパは後ろから私の体に自分の体を重ね合わせる。

「いつも寂しい思いをさせてごめん。もう少しで、ずっと一緒にいられるようになるから。そうしたらここを出て、もっと広い部屋で暮らそう」

（パパと一緒に暮らすの？）

一年前まで、空想することはできても願うことすらできなかった生活だ。一瞬、心が色めき立ってしまう自分がいたが、裕二の顔がすぐに頭に浮かんだ。

（今、ここで言おう。これ以上、パパのことを見てたら……）

私はシャワーを止め、息を大きく吸ってのみ込むと、パパの方へ顔を向けた。

「ねぇ、パパ。私、話したいことがあ……」

言いきらないうちに、熱を持った唇が私のそれに重ねられる。突然の出来事で、思わず引き結んでしまった唇をぬめった舌がとがめるように突き、口内に侵入してくる。

「ちょ……ん、ふ、んっ……」

いつもの巧みな舌使いが、拒もうとする私の意思を翻弄する。絡めとられた舌を、強弱をつけて吸われ、しごかれ、激しく波打つ快楽が下腹部からじわじわと広がり、理性へと侵食していく。

（ダメ、今日は……）

私は、なんとかパパの体を離すことができた。

「ちょっと、聞いてよ……パパ……」

「ごめん。今は美生のことを抱きしめたくて」

初めて見るパパの哀願するような表情に、私は何も言えなくなる。いつもの自信に満ち溢れて落ち着いたパパの姿はそこにはなかった。

私が動きを止めると、パパは耳裏に舌を這わせた。

「はんんんぅ」

くすぐったい感触に身をよじると、筋肉質なパパの胸に私の胸の先端にある敏感な部分がすれる。びくびくと体が波打つ。パパは前に回り込み、「洗ってあげる」と言って、ボディーソープを手のひらに出すと、私の胸にこすりつけた。ひんやりとした感覚が熱くなり始めた体に心地よく響く。パパは乳房を回しながらも、指と指の間に乳首を挟み込んだ。ぬめりとしたボディーソープが絶妙な刺激を与えてくれた。

「はぁあああ」

私の声が浴室に反響して、いつもより艶《なまめ》かしく聞こえる。指にとらわれた私の乳首は、痛いぐらいに赤く実り、指がヌメヌメと蠢《うごめ》くたびに、弾けるような快感が私の下腹部を襲っていった。ついに足の力が入らなくなって、私は浴槽の縁《ふち》に腰を落とした。

「ここもきれいにしないとね。洗ってあげようか……」

私が呆けた姿で体を休めていると、パパは内腿に手をやり、脚を開いた。

「あっつ……パパ……そこ……っ」

濡れそぼった熱い舌が、私の秘裂をちろちろと細かい動きで舐め上げていく。

甘い蜜がじわりじわりと蜜口から流れていくのを確認すると、パパは肉びらを左右に開き、その奥にひっそりと隠れていた花芯を舌先でとらえた。

そして、それまでの穏やかな愛撫が嘘のように、痛いほどに強く花芯を吸った。

「……ふ……あぁぁ……」

「おかしいなぁ。拭き取っても、拭き取っても水がこぼれてくる」

私の肉体を知り尽くしたパパの愛撫に、私の体は耐えられそうもない。電流のようなしびれが体の中心部分を走っていく。私はガクガクと震え、浴槽の縁から滑りそうになる体を両腕でぐっと支えた。パパが包皮を剥いて直接えぐると、私の体は完全にパパの愛撫にとらわれてしまった。自ら腰を浮かせて、もっと欲しいとねだる。

「はぁ……はふ……」

私の頭の中はのぼせたようにふわふわとした感覚で満たされていく。パパは、お尻を突き出し、壊れた蛇口のようにだらだらと大量の液体を流す私の蜜口に興奮しているのか、花芯に吹きかかる鼻息がだんだんと激しく熱くなっていく。

「ん……きふぅぅう」

あまりの快楽に、私の太腿は、ぐっと力が入りパパの頭を挟み込む。

「きひ、くうぅうぅん」

私は熱く火照った蜜液を撒《ま》き散らしながら、軽く気を飛ばしてしまった。体のすべてが敏感になっていく。パパは私の媚肉から顔を離すと、ぐったりとした私をぎゅっと抱きしめて支えてくれた。

「かわいいよ美生」

甘い言葉の波長を、私は目を閉じて頭の中ですぐに反芻させる。パパの指が、肉びらを分け広げ、蜜口に押し込まれていった。

「ふぅう」

訪れる刺激に胸が押しつぶされ、呼吸が乱れる。

パパはたっぷりと蜜を指に絡ませたあと、その蜜を丹念に秘裂の奥にある、いまだ小さくすぼんでいる穴へとこすりつけていった。

「ひっぁぁああ」

こそばゆい感触に耐えきれず、思わずパパの背中に爪を立ててしまった。パパは一瞬顔をゆがめたが気にする様子もなく、同じ作業を繰り返していく。

「ちょっと、ちょっと待って、パパ……そこ……そこは違う」

指は止まるどころか、その動きはなめらかに、速くなっていく。私はパパの手をギュッと握った。すると、「美生の、美生のすべてを触りたいんだ」と熱を帯びた声でささやいた。まるで魔法にでもかかったかのように、パパの手を握る私の手は力をなくしていく。

パパは十分に愛液を後孔に塗りたくったあと、ボディーソープをたっぷりとつけた指で貪り始めた。菊孔のドレープを丁寧に伸ばすように、指をぐるぐると回す。

「くぅぅう」

(そんなところ……汚いよぉぉお)

恥ずかしさが、より一層体に熱を持たせる。そして、一本の指が徐々に中へと進んでいく。蜜壁の裏側を指が這っていく感触に、ガクガクと腰が揺れた。未知なるものへの恐怖心が湧き上がり、腰を引いて逃げようとするが、パパの指はさらに奥へ、奥へとすぼまった道をかき分けていく。

「いやっ、いや、パパ……指、指……抜いてお願い」

呼吸は引きつったような小刻みなリズムへと変わり、肩がぶるぶると震える。しかしパパは頭を撫でながら、柔肉を広げるように大きく指を旋回させてくる。パパは私の頭から手を離すと、その手を蜜口の中へと入れ、器用に両方ともかき回し始めた。

「ひ……うぅぅぅうううんん」

蜜口はひくひくと蠢き、パパの指にまとわりつく。

「お尻……いやぁぁああああ」

肉襞を同時に嬲られる感触に、腰が勝手に揺れ、そのたびに肉襞の表裏がこすられて、さらなる刺激が生まれる。前後の孔の中に、もう一本ずつ指が侵入を開始した。

「あうっぅ！　ん！　んんん」

体がのた打つ。

「はぁああ……もういや、ぐちゅぐちゅしないで……そんなところ……」

（嫌なのに、怖いのに、抜いてほしいのに）

体はひどく高ぶり、息が乱れる。指が膣内で折り曲げられ、蜜道の入り口付近にある窪みを指の腹で激しくこすり始めた。

「いやぁあだめ、そこ、そこダメ……」

私は力いっぱい体をよじった。蜜液はだらだらと流れ落ち、後孔をぐちゅぐちゅとかき回す指をも濡らす。もはや、私の体は私の体ではなくなっていた。もっと強く、もっとかき回してほしい。暴力的なまでの刺激に一瞬にして支配された体は、無意識に腰をくねらせていく。

「美生、美生、気持ちいいんだね」

ガクガクと私は首を激しく上下される。快楽と劣情に胸がいっぱいになってしまい、前と後ろの孔で淫らに動く指の動きだけしか感じられない。

（やだぁ私、お尻の穴をいじられながら……）

強い興奮を覚え、私の体が大きく跳ねる。

「いやぁあああダメ、パパぁ……。パパ私、いくぅぅぅういっちゃう」

糸の切れた操り人形のように、がくんと私は体を前に傾けた。慌ててパパが抱きとめた。

急に訪れる安らぎに、私は制御の利かなくなった体を預ける。そして、目を閉じ、名残惜しそうに収斂《しゅうれん》する肉襞と、腸壁の感覚をゆっくりと味わっていた。

パパはぐったりとした私をお姫様抱っこすると、ベッドルームへと運んだ。

「パパぁ、ベッドが濡れちゃう……」

パパの腕の中で訪れる安息感に、私はまるで赤ん坊に戻ったような感覚を覚えた。

私をベッドに優しく置くと、パパは「ごめん、美生。もうガマンできないんだ」と言って、ぐっと脚を抱え上げてきた。まだ先ほどの余韻にわななく媚口に、熱を感じるやいなや、充溢した肉棒が、一息に私の胎内を奥まで貫いた。

「あ……あっつあ、ひッツああ」

久しぶりにパパを受け入れる胎内が、その太い肉棒に容赦なく広げられる。先ほどとは違う、串刺しにされたかのような衝撃と懐かしさに、思わず瞳から涙がこぼれる。蜜道を満たす充足感。ただ入ってきただけなのに凄まじい快楽のうねりに襲われた。

「美生。今、君の中に私がいるのがわかるかい?」

私が頷くと、また涙がひとしずく、まなじりから流れ出す。

「うん……パパが、パパが私の中に、パパと私とつながっている」

「これからは、これからはもっと一緒だよ」

「あひあひぃぃぃぃいいい」

小さく腰を揺さぶられた途端に、紛れもなく、これまで私を何度も慈しみ満たしてくれた感覚が駆け抜ける。

パパは存在を主張するように、縦横無尽に私の胎内で動き始めた。

「あぁあぁあああ」

浅く深く、私を弄ぶように律動する肉棒に突き上げられるたびに、胎内が熱く焦げる。もう、気持ちいいのか、どうなのかもわからなくなっていく。蜜液がかき混ぜられる音を聞かなくても、私の肉襞からは、十分な蜜液が噴出していることがよくわかった。

「や……んんん。パパ、パパ熱い、熱いよぉおお」

私は自ら腰を振り、下腹部に力を入れ、荒ぶる肉棒を自分の胎内へより深く刻み込む。

パパは私を抱え上げると私と向き合い、肉厚な舌を私の口に這わせる。

パパがありったけの愛を注ぎ込んできてくれているような気がした。

「美生。美生ぉぉお」

胎内の中に蠢くパパの肉棒がさらに硬さを増していくと、パパはもう一度私を寝転ばせて、獣のように激しく、胎内をかき混ぜてきた。

「はぁあああ、ダメっパパぁあああ」

先ほど絶頂を迎え敏感になっている蜜道に、その快楽をやり過ごすだけの力は残っていなかった。肉襞がきゅっとパパの肉棒を握り込むと、私は入れられたまま、いってしまった。しかし、パパは休むことなく腰を動かし続ける。意識が飛ぶ間も与えず、新たな快楽のうねりが私をのみ込む。

「ひうぅぅうん」

(もう、だめ、私、壊れちゃう)

手足をばたつかせ、私は、ただただ、喘ぎ声を上げる。パパが力いっぱい奥を突くと、耐えきれなくなってパパを引っかく。

「ダメぇぇえ、パパダメ、ダメぇぇぇえ」

卒倒しそうな享楽に、私は体を身悶えさせた。

「美生、出すよ、中に出すよ」

（え？）

一瞬、戸惑いが生まれた。しかし、すぐにその感情も迫りくる衝撃に木っ端微塵《みじん》にくだけちる。蜜道を蹂躙《じゅうりん》する肉棒の動きがさらに猛々しくなり、肉壁は慄《おのの》き求めるように締め付ける。

「美生、私の美生……愛してる。愛してる」

「はぁああパパ……パパぁあああ！」

大きく脈動した肉棒が私の最奥で大量の白濁を吐き出す。鳥肌が立つようなしびれと疼きがつま先から頭のてっぺんに走り、私はこらえきれずに悲鳴を上げた。

「あぁパパのが……。パパのがいっぱい……」

うわごとのように呟くと、体の中から一切の力が抜けきり、私はだらしなくも手足をベッドに投げ出す。喜びの声を上げるように肉襞がぴくぴくと震えている。そんな私をパパが優しく抱きしめる。私の心のすべてがパパで埋められていくような、包み込まれるような安心感は、裕二のを膣内で受け止めているときとはまた違ったものだった。

（裕二、ごめんね……）

私は、膣内から生まれ出る、パパの熱液がシーツに流れ落ちる感触に浸りながら、心の中で何度も裕二に謝った。

ふいに、パパの体重が私の体に預けられ、私は押しつぶされそうになった。

「ちょっパパっ」

私が声を上げると、返事の代わりに軽やかな寝息が聞こえてきた。私はそっとパパを私の体から離すと、私の隣にあおむけで寝かせた。いつもの力強いパパの顔ではなく、すべてから解放されたような無防備な寝顔である。

（パパは私のために、どれだけの苦労をしてきたのだろうか）

心の中で問いかける。パパがここまで私を導いてきてくれた。パパが私のすべてだった。

暗闇の中から救ってくれたのも。

私を女にしてくれたのも。

すべてがパパだった。

私は物心ついたころから、ママと二人で暮らしていた。幼いころに「どうして私にはパパがいないの？」と問いかけると、「パパは、馬鹿な女の元に逃げていったのよ」と不機嫌そうに答えた。

ママが死んだとき、ママの姉だという人が、わざわざ私に教えてくれたのだが、パパとママはもともと、高校のころからの同級生だったらしい。ママの実家はその地方では有名な資産家で、裕福な家の出ではなかったパパとの付き合いを快く思ってなく、二人を何度か別れさせようとしたそうだ。

それに嫌気がさした二人は、駆け落ちをして結婚する。しかし、何年か後に、ママの実家はパパたちを見つけ、パパの両親の借金を理由に強引に別れさせたという。子どものころ、性格はともかく、あんなにきれいな人を捨てるなんてと思っていたが、その話を聞き妙に納得した。ママには、本当のことは伝えられていない。それから、実家の援助を受け、パブを経営しながら私との二人暮らしを続けた。

「パパの家って裕福じゃなかったの？」

何年か前にパパに聞いたことがあったが、「うん……。ひどいもんだったよ……毎日借金取りが来るような」と精一杯平静を保とうとしつつも沈んだ声で答えた。それ以降、私は昔のことをパパに聞かなかった。

私が中学に入り、生理が始まるころになると、ママは私のことをひどく疎ましい存在として扱うようになった。私の顔を見るたびに、「あんた本当にブサイクだ」「なんで私に似なかったんだ」と言うようになった。高校受験のときだった。ママはお店でさんざんお酒を飲んできて、お店のお客さんと思われる人たちに抱えられながら帰ってきた。受験勉強で遅くまで起きていた私は、ママを抱きかかえると、ソファーに座らせ、水の入ったコップを渡した。

　ママは気だるそうにそれを受け取り、私をじろっと睨みつけると、コップを私に投げつけ「あんたと関わると不幸になるのよ！」と大声を上げ、そのまま眠りについた。彼女にとっては、酔っ払いのたわごとだったのかもしれないが、私はそれ以降、他人に対して恐れを抱くようになった。そして、早くこの家を出ることを目標にした。

　高校三年の卒業式の日のことだった。珍しく私の登校時間に起きてきたママに、「私、今日、卒業するから。今までありがとうございました」と形式通りの挨拶をした。なんでそのようなことを言ったのかわからない。娘のことにまったく興味を示さなかったママに嫌味の一つでも言いたくなったのだろうか。

「あっそ。そりゃどうも」とママは他人事のように答えると、大きなあくびをして部屋へと戻っていった。

　卒業証書を受け取り、卒業生、来賓客がいる方を向くと、入り口の近くに、その場には不釣り合いな派手な格好をしたママが立ってこっちを見ているのが見えた。

　初めてママが私のことを見てくれたような気がしてうれしかった。いらないと言うかもしれないが、この卒業証書はママに渡そう。私は家でママの帰りを待った。しかし、いつまでもママは帰ってこなかった。

泥酔したママは、赤信号を渡り、トラックにひかれてその日に亡くなった。

「ママ、うれしそうにね。今日は、娘の高校の卒業式だったんだよって話してたのよ」

病院の霊安室に駆けつけた私に、店の従業員と思われる四十がらみの女性が教えてくれた。私は、「生前母がお世話になりました」と頭を下げ、そのきれいな顔を白い布で隠されたママに向き直った。

（本当に、私と関わって不幸になったね）

そう心の中で言葉を投げかけた。

今まで一度も会ったことのなかった私の祖父、祖母、親戚という人たちが一度に現れ、通夜やら葬式やらを行ってくれた。私は、ただ言われるがままに、卒業したはずの高校のセーラー服に身を包み、弔問に来た人たちに挨拶をし、ママの骨を拾っただけだった。

ママの遺骨を持って、食い供養となる宴会が我が家で行われることになった。私は、知らない人たちと一緒にご飯を食べるのが苦痛で、そうそうに骨壺のある奥の座敷へと引っ込んだ。

お酒が入っているためか、ひそひそ声で話しているにもかかわらず、隣の部屋で酒盛りをしている人たちの声がこっちまで聞こえてきた。

「それで、あの子はどうするんだ。由紀江んとこで、面倒を見られないのか」

「いやよ。あんな暗そうな子。顔だってあの男に似てるじゃない。あの子と関わると、私たちまで不幸になるわ。あんたんとこで面倒を見ればいいじゃない」

「私んとこだってそんな余裕ないわよ。子ども三人いるのよ」

(陰口も上手に叩けないんだ。あの人たち)

私は拳を握り締め、その部屋に設えられた台座に置いてある骨壺をぼうっと眺めながら、部屋の隅で、その騒音が過ぎ去っていくのを待った。

突然、荒々しく玄関の扉が開く音とともに、大きな足音が聞こえた。

「きさま、何しに来た。誰だこいつを呼んだのは」

祖父と名乗っていた人物の怒鳴り声が聞こえてくる。

「私よ、いいじゃない。もう死んだんだし」

私にパパとママのことを話してくれた伯母が答える。

「きさま、勝手なことをするな」

それから始まった、聞くに堪えない罵詈《ばり》雑言の応酬を、私は身を縮め、耳を塞いでやり過ごした。

「ご無沙汰しています。とりあえず、彼女のところに行ってもよろしいでしょうか」

男は、この部屋の障子戸を開けると祖父たちが後ろで怒鳴っているのも気にせず、障子を閉め、ママの骨壺に向かって歩を進める。しばらく見下ろしたあと、男は、その場に崩れ落ちるようにしゃがみ込み、骨壺を抱きしめた。

「怜香、怜香ぁあああ」

男は、しばらく顔をすりつけながら名前を呼び続けた。私は、ママの名前を久しぶりに聞いたなとそんなことを考えながら、男の姿を眺めていた。男は、私の視線に気がついたのだろうか。骨壺から顔を離すと私のことをじっと見た。男の顔は明らかに動揺していた。

そして、「怜香……」と呟いた。

私は首を振る。

「あ……そうか……そう……だよな。似ているから……」

男は口をぽかんと開けたまま、何度も頷く。

「美生……美生か……」

私が黙ったまま頷くか頷かないうちに、パパは私のことを抱きしめた。今までに嗅いだことのない穏やかな甘い香りが私の鼻をくすぐった。

「美生……美生……ごめん……ごめんな……パパは……パパは……」

(パ……パ……?)

男は、私を強く抱きしめながら、体を震わせて泣いていた。私はその初めて抱かれる男の腕の中で、妙な安らぎを覚えていた。

（パパ……パパ……）

気がつくと、私もパパの背中に腕を回し、強く抱き返していた。

「パパ、パパ」

そう口に出すと、それまで、通夜でも葬式でも流さなかった涙が、瞳から幾筋も流れ出した。そして、パパの胸に顔を当てると、今度は声を上げて泣いた。

「おい、お前、いつまでそこにいるんだ。娘には会えただろ。さっさと出ていけ」

障子が開き、祖父が千鳥足で歩み寄ってくる。パパは私から体を離すとすくっと立ち上がり、祖父を上から睨みつけた。

「なんだ……なんか文句あるのか。大体お前が……」

及び腰ながらも凄もうとする祖父の言葉を遮る。

「怜香の遺骨、よろしくお願いします。彼女はあの世に逝っても、もう僕には会いたくないと思うから」

パパは、深々と一礼をすると、穏やかな表情を浮かべて私を見た。

そして、座ったまま二人のやり取りを見ていた私に手を差し伸べる。

日も暮れかかり、電気もつけていない薄暗闇の中、パパの白い手だけが、はっきりと浮かび上がっていた。

「さぁ行こう美生。君はこんなところにいてはダメだよ」

私はその手をぎゅっと握り締めて立ち上がる。

「うん。行こう。パパ」

唖然としている親戚一同の顔を横目で見ながら、私とパパは玄関へと向かっていく。そのとき、私はなぜだか笑いが込み上げてきて、家を出た瞬間に、こらえきれなくなり、声を出して笑った。そんな私の顔を覗き込むと、パパは、同じように声を上げて笑った。

その日、私はパパと一緒にビジネスホテルに泊まった。ツインがなく、ダブルの部屋しか空いてなかった。

それまでの疲れが一度に出たのか、私はちょっと休ませてと言ってセーラー服のままベッドに入ると、そのまま眠ってしまった。

夜中、私はパパの泣き声で目が覚めた。大きな背中を丸め、肩を震わせて泣いている。

「パパ……」

私がか細い声で呼びかけると、パパは慌てた様子で涙をぬぐい、私の方に体を向けた。

「ごめん、ごめん。ちょっとママのことを思い出していて」

そう言いながら、またひとしずく涙をこぼした。

私はパパの腕を握ると、自分の胸に押し当て、おまじないをかけるような口調で「大丈夫、大丈夫」と繰り返し呟きながら頭を撫でた。それはまだ保育園に通っていたころ、お化けが怖いと泣きじゃくる私を落ち着かせるために、ママがやってくれた行為だった。

パパはぎゅっと私を抱きしめる。パパの鼓動が私に伝わる。パパの顔が私のすぐそばにあった。この人が悲しむ顔は見たくない。そんな思いが心を静かに満たしていく。パパの目からは、まだ涙が流れ出ている。私は顔を精一杯近づけ、唯一自由の利く舌で、丁寧にパパの涙を拭き取る。くすぐったいのか、私の舌が触れると、パパが身震いをした。

「美生……」

優しく響く声が私の胸を震わせる。

「パパはずっと一人ぼっちだったんでしょ。これからは二人だね」

私はそう言うと、パパの目をじっと見つめた。その涙で揺れる大きな瞳に吸い込まれる。そして、さもそうすることが当然なことのように、私は、パパの唇に自分の舌を入れた。それまで、唇と唇を触れ合うキスもしたことがなかったのに、私は舌をパパの舌に絡めていく。自然と舌が動いた。

パパは最初は戸惑っているようだったが、一度私の唇を離し、「美生」と呟くと、激しく私の唇を奪ってくれた。

その夜、私は、私の初めてをパパに捧げた。

破瓜の痛みは、想像していた以上のものがあった。ただ、パパが私の体の奥に進んでいくと、それまでなくしていたものがどんどんと埋まっていくような感覚を覚え、痛みの中に、満たされるものを感じた。

腰を動かしながら、パパは何度も私の名前を呼んだ。

私は痛みで途切れそうになる意識の中、パパの呼びかけに何度も頷いた。そして、パパは私の膣内ですべてを吐き出した。

(膣内に出してもらったのは、初めての口以来か……)

初夜のあと、パパは私が大丈夫と言っても、決して膣内には出してくれなかった。

「どうして?」と聞いても、苦笑いを浮かべるだけで決して答えてはくれなかった。

相変わらず心地のよい寝息を響かせるパパの横で、私はそっと下腹部に手を這わせ、先ほどまでの情交の余韻に浸っていた。

第五章

翌日、会った瞬間から裕二の顔がなかなか見られなかった。

（病気と言って断ればよかった）

そう思ったが、そう言うときっとこの男は、心配して、家に駆けつけると言ってきかなかったはずだ。

頭の中に、昨日のパパとの一夜が幾度となく蘇り、罪悪感が募っていく。

「ねぇ、美生ちゃん聞いてる？　お昼ご飯どうするってさっきから聞いているんだけど」

珍しく、裕二の声が少し苛立っているように感じた。

「ご……ごめんなさい……。やだ、なにいってんのよ。まだ、十一時じゃない。早すぎるわよ」

私は慌てて答える。

「喫茶店にでも入りましょ。この道の先におしゃれなところがあるんだって」

裕二の手を握ると、引っ張るように先を歩く。握った手に、急に力が入る。

「ちょっと。鈍感な僕でも、わかるよ。美生ちゃん、なんかおかしいよ」

「なんかって何よ」

私は、後ろめたさを隠したかったのか、思わず強い口調で答えてしまった。

裕二の不安そうな瞳がこちらをとらえて離さない。そのときだった。

「美生……」

聞き慣れた声がして振り向くと、そこにはパパがスーツ姿で立っていた。

「パパ……」

私はその場から動けなかった。街も行き交う人々も、すべてが視界から消え去り、驚いた表情で立ちすくむパパの姿だけが、暗闇の中で浮かび上がっているように感じた。二人はしばらくの間、見つめ合った。街の喧騒《けんそう》も消え去り、二人の間にだけ、静寂が流れているような気がした。

「えっパパって、美生ちゃんのお父さん？」

沈黙を破ったのは、能天気な裕二の声だった。一人だけ目をきらめかせて、美生とパパの顔を交互に見比べている。パパが裕二のことを見て、笑顔で答えた。

「友達と遊びに行くって言ってたけど、ボーイフレンドだったんだな。いやいや知らなかったよ。こんにちは。美生の父です」

パパの顔も裕二の顔も見られず、私は視線のやり場に困り、ただうつむく。

裕二は自分のズボンの脇で汗をぬぐうと、差し出されたパパの手を握り返した。

「初めまして。僕、美生ちゃんとお付き合いをさせていただいております、鏡裕二と申します」

「鏡裕二って、あーやっぱりどこかで見たことある顔だと思ったんですよ。随分とご活躍されているみたいで」

「いや、そんなことないですよ」

裕二は顔を真っ赤にして照れていた。

「いやぁ、美生はまったく自分のことを話してくれなくてね。こんな素敵な恋人がいるなんて聞いていなかったんですよ」

「お父さんは、海外で仕事をしているって聞いていまして。お付き合いの挨拶が遅れてしまいましてすみませんでした。まさかここでお会いできるとは思いませんでした」

これは、私に対する罰なのだ。裕二がいながらパパと関係を持った、そもそもパパという存在がいながら裕二と関係を持った私への。後悔、焦燥、憤り、さまざまな気持ちが混ざり合い、私は声一つ発することができず、ただ仲よさげに話す二人の会話を聞いていた。

「今、お仕事ですか？」

「いや、これから人と会う予定なんだが、一時間ぐらい時間がありそうなんで、どこか喫茶店にでも行こうかと思って」

その後の展開が想像され、絶望的な気持ちになる。

「ホントですか？　ちょうど僕たちも……」

（この場から立ち去る方法がないだろうか。もしあれば教えてほしい。そのためなら何でもする）

二人の笑い声が聞こえてくる。いつもは愛おしい裕二の人懐っこい性格が憎らしく思える。何も解決策は出ないまま、私の想像通りに話は進んでいく。

「ほら、行こうよ。美生ちゃん」

連れ立って歩く二人の後ろを、逃げ出したい感情を必死に抑えてついていった。

喫茶店に着くと、裕二は簡単に自己紹介をし、名刺を渡した。

他愛もない話から、話題は私の話へと移っていく。裕二は、私の昔の話を聞きたがったが、パパは「どうだったかなー。あまり会えなかったし、覚えてないんだよ」とやり過ごしている。裕二は、押し黙っている私が、彼氏を会わせていることに緊張しているのかと思ったのか、最初はやたらと私に話を振ってきたが、パパの仕事に興味を持つと、お互いの仕事のことを話しだした。二人は、気が合うのか、パパが合わせているのか、随分と話が弾んだ。

結局、私にとっては地獄のような時間が一時間以上、パパの携帯に待ち合わせ人から電話がかかってくるまで続いた。

「それじゃあ、鏡君、美生。また」

そう言って立ち去るパパに、「今日はありがとうございました。今度家にお邪魔させてください」と裕二は答えた。

二人きりになると、彼女の父親と話が弾んだということがうれしかったのか、裕二は満面の笑みを浮かべていた。結局、ランチはその喫茶店で済ませることにした。

ランチを食べている間も、裕二は興奮気味にパパについて話し始めた。

「いやぁ、美生ちゃんのお父さんってかっこいいよね。映画俳優みたいだよ」

飛び出してくるのは褒め言葉ばかりだった。裕二が楽しく話せば話すほど、昨晩のパパとの行為が頭にちらつき、私はどんどん追い詰められていく。

「どことなく、美生ちゃんはお父さん似なんだなって思ったよ」

裕二がそう言った瞬間だった。私の心はもうこの拷問には耐えられなかった。

「どこが似てるのよ。全然似てないわよ。もういいわよパパの話は」

私は、両手でテーブルを激しく打ち付けると、大声で叫んだ。込み合った店内の視線が集まる。裕二は周りに頭を下げている。

「どうしたのよ。美生ちゃん」

裕二の怒った顔は初めて見た。

（ごめんなさい。裕二は少しも悪いところはないのに。全部私が悪いのに）

わかってはいるのだが、高ぶった感情は止めることはできなかった。

「パパがすごいことを一番知っているのは私よ。あなたにとやかく言われたくないわよ。もう今日は帰る」

私は、振り返ることなく、そのまま店の外へ駆け出す。

「ちょっと待ってよ」

裕二が息を切らせながら、店の外まで追いかけてきて、手をつかむ。私は力強く、無言でその手を振りほどいた。

「どうしたの一体、意味がわからないよ。冷静にもう一回、話そうよ。僕が悪いところがあれば謝るから」

私を落ち着かせるように、穏やかな口調で裕二は語りかけてくる。その優しさから私は逃げたいのだ。

「ごめんなさい。しばらく一人になりたいの。連絡もしてこないで」

私は、また駆け出すと、すぐそばにあった地下鉄の駅の階段を下っていった。

少しでも、遠くに行きたかった。どこに向かうかわからない電車に飛び乗ると、そのまま、何も考えることなく、揺られるがまま乗り続けた。

「終点です。この電車、回送電車になります」

声の先に顔を向けると、駅員が不審そうな顔で覗き込んでいる。私は、軽くお辞儀をすると、その電車を降りた。私は何を考えるもなしに改札を通り過ぎ、地上出口へと向かう。

(私はどこへ帰ればいいのだろう)

あてどなく知らない街を歩き始めた。商店街を抜けてしばらく行くと、大きな団地が目に入る。休日とあってか、団地に設えられた小さな公園は、多くの家族連れで賑わっていた。父親と遊ぶ娘の姿が見える。

(パパとママが別れていなかったら、私もあんなふうにパパと一緒に遊んでいたのだろうか)

そこには、自分とはまったく異なる世界が広がっていた。

(この世界に私の居場所なんてあるのだろうか)

途方もない孤独感に襲われ、逃げるようにその場から立ち去る。それからどれほど歩いただろうか。あたりはすっかりと暗くなっていた。

突然、私の体が大きく傾いた。バランスを崩し、膝をアスファルトに大きく打ち付け、投げ出されたバッグからさまざまなものが飛び出た。

「つぅうっ」

鈍い痛みが膝を襲う。見ると、足のあちらこちらから血がにじんでいた。ストッキングは縦に大きく裂けている。

（もう、なんなのよ）

痛む足を引きずりながら、遠くに転がっている靴を見ると、ヒールの部分が折れていた。私はもう片方の靴を脱ぐと、素足のまま、歩道に広がった荷物を集めていく。

携帯を拾うと、裕二から十件以上の着信が入っていた。私はすぐに着信履歴を全部消去する。メールも届いていたので、消そうと思い開けると、パパからだった。

「美生は今日、泊まりかな。もし、晩ご飯食べるのなら、美生の分も作るので、連絡ください」

（私にも、帰る場所ぐらいはあったんだね）

携帯電話をぎゅっと抱きしめると、私はまた歩みを進めた。

通りがかりの人に駅までの道を聞く。親切に教えてくれたのだが、私の格好が気になったのか、別れてからも、ちょくちょく私の方を振り返った。私は、駅までたどり着くと、駅前のコンビニでパンストを買ってはき替え、路線を調べて家へと向かった。マンションに着いたときには十時を回っていた。

「ただいま」

鍵は開いていたので、そのまま入ると、パパがテーブルに座り、一人で晩ご飯を食べているところだった。程よい広さのリビングにパパが一人だけで食事をしている風景はあまりにも寂しく、胸が締め付けられる思いがした。

「あれ、美生。おかえり。連絡がなかったから、今日は泊まりなのかと思っていたよ」

私の顔を見てパパの顔が華やぐ。帰ってよかったと心から思った。

「ねぇ。何か食べる物ある？　お腹ペコペコなんだ」

「一応簡単な物ならあるよ。冷蔵庫にある物はレンジで温めて、スープはお鍋の中」

冷蔵庫を見ると、私が食べるかどうかもわからないのに、好物の物ばかりが置いてあった。私は食べ物を温めてパパの前に座る。

「歩いてて、ヒールが欠けちゃってね」

私は、転んだときの出来事などを、明るい口調で、できるだけコミカルに話し始めた。

パパも「大体、美生は……」と過去の出来事などを持ち出して話を膨らませる。思い出話から今日の料理のこと、最近起きたこと、話題が次から次へと流れていく。沈黙が怖かった。私たちは何かから逃げるようにひたすらしゃべり続けた。このまま笑って、明日になれば、そしたら、すべてがうまくいくかもしれない。そんな気すらしてくる。しかし、そんなことはあるわけはないし、そもそも、そんな器用な会話が、他人との会話が苦手な私にできるわけがなかった。

「この間もね、裕二さんとね……」

自分で言っておきながら、その言葉に身を硬くする。私は視線を手元に落とすと、黙ってご飯を食べ始めた。

お互いが会話のきっかけを探していた。私の食べる音だけが、しばらく響いていた。

先に口を開いたのはパパだった。

「鏡君か……。なかなか、いい人そうじゃないか。いつから付き合っているんだ?」

「一カ月前くらいからかな」

私はパパの目を見ずに、スプーンでスープを掬《すく》いながら答えた。

「そうか……」

また静寂が二人を包む。

（私は馬鹿だ。本当に馬鹿だ）

私にできることは、できるだけ早く食べて、布団の中に逃げ込むことぐらいだろう。私はかき込むように、口の中にパパの料理を詰め込み始める。

「美生……。パパはいいと思うぞ。その……祝福するよ。二人のこと」

私は、パパの言葉には答えず、食べ終わった皿を流しへと運び、水道の蛇口をひねる。

しかし、すぐに水はパパによって止められた。

「美生。聞いてる？」

「聞いてるわよ」

耳をつんざく私の叫び声に驚いたのか、パパは私から身を離す。私はその分、パパに詰め寄り、睨みつける。パパの目は大きく見開かれていた。

「聞いてるわよ。祝福ってどういうこと？　パパは私がいなくなってもいいの？　もう私なんか、いらなくなったの？」

「そんなわけない。この世の中で美生が一番大切だよ」

パパの口調はいつものように穏やかだった。

（何よ、私だけムキになっているみたいじゃないのよ）

初めてパパに苛立ちを感じた。

「知らないわよ、そんなの。ならどうしてよ。大切ならあんな男と付き合うな、俺のそばにいろって言いなさいよ」

私を落ち着かせるために頭を撫でようとするパパの手を払いのける。

「それは……」

パパは戸惑いの表情を浮かべ、言葉を詰まらせる。

「ねぇ。私がいなくなるっていうことは、パパまた一人ぼっちになっちゃうんだよ。それでもいいの？　平気なの？」

この部屋に入ってくるときに見た、パパの一人きりの食事風景が頭の中に蘇る。

「私はいや、絶対にいや。パパが一人ぼっちでいるところなんて見たくもないし、想像したくもない」

「美生……」

「ねぇ、パパわかってる？　本当にわかってる？　ねぇ？　ねぇ？」

私は同じような言葉を繰り返しながら、パパの胸を何度も何度も叩いた。パパが私の背中に手を回し、ぎゅっと引き寄せる。

「ごめんなさい……パパごめんなさい。私も……私も、これからどうしていいのかわからないのよぉ」

涙と鼻水で顔をぐしゃぐしゃにしながら、私は泣き疲れるまでパパの胸で泣いた。パパは何も言わず、私のことをいつまでも抱きしめていた。

それから五日間、私とパパは何事もなかったかのように、一緒に食事を取り、同じベッドで寝た。

ただ、私たちの体が一つになることはなかった。

そして、空港に向かう日の朝、玄関まで見送る私に、「一カ月後、また帰ってくる。そのときに落ち着いていたらまた話そう」と告げて去っていった。

パパがいなくなったあと、私はほとんど外に出ることがなかった。何を考えるわけでもなく、大して興味もないテレビ番組を観たり、同じ漫画や本を何度も繰り返し読んだり、ただひたすら時間を浪費していた。裕二からは毎日十回以上は電話が来たが、一度も出ることはなく、いつも早く鳴りやむように、祈るような思いで震える携帯を見ていた。

一週間が過ぎ、パパがいた気配も完全に消え去ると、今度は、家にいることが苦痛になってきた。特にベッドに入り目をつぶると、これまでのいろいろなことが自然と思い出されて、居たたまれない気持ちになる。

(どこでもいい、少しの間だけでもいいから)

私は携帯電話を取り出すと、笹原へ電話をした。

「美生ちゃんどうした？　復帰したくなった？　それとも僕の声を聞きたくなった？」

私がかけると、必ずと言っていいほど、すぐ電話に出てくれる。

「そうそう、復帰希望」

電話に出た笹原に合わせて、軽い口調で答える。

「え？　ほんとに？」

「とりあえずリハビリってことで、今日、泊まりで」

「そうか……」

そう呟いた笹原の声は、どこか寂しげに聞こえた。

「ねぇ……何かあったんなら、話してみてよ」

笹原の気遣いを受け入れる余裕は今の私にはなかった。

「いいの。いいから早くお願い」

声が思わず大きくなる。

「ちょっと待ってな。とりあえず、あとでメールする」

メールであとから仕事の連絡をするなんて、これまで一度もなかった。もしかしたらもう私が相手にできるお客さんなんていないのかもしれない。不安な気持ちを抱えながら待っていると、一時間後、笹原からメールが来た。

「Sホテル。二十時から。ルームナンバーはあとで連絡する」

まだ大分時間があったが、私はそのときを待ちわびながら入念にメイクを始めた。

私は指定された部屋のドアの前に来ると、大きく深呼吸をした。そして、部屋の呼び鈴を鳴らす。

(どのような人だろうか?)

期待よりも、不安の方が強かった。扉が開け放たれる。

すると、私は、腕をぐっと引っ張られ、部屋の中へと引きずり込まれた。私はよろけながらも、なんとか体勢を整える。そして、腕をつかんだ男のことを見る。

そこには、鏡裕二が立っていた。

「お久しぶり、美生ちゃん」

「どうして……」

裕二は以前と変わらず、人懐っこい笑顔を浮かべている。

「美生ちゃんと連絡が取れなくなってから、毎日お店にも連絡を入れてたんだよ。そしたら、オーナーの人から今日、連絡あって。美生ちゃんが来るって聞いたんだ」

笹原には、裕二のことは伝えてあった。連絡が折り返しで来た理由がようやく理解できた。私は、どうしていいかわからず、また部屋を出ようとした。

「ちょっと待ってよ。僕は今日お客さんだ。朝までの美生ちゃんの時間は僕の手の中にあるはずだ」

裕二の強い視線に耐えきれず、私は下を向く。

「ねぇ。美生ちゃん。一体どうしたんだよ。あれから考えたんだ、僕なりに。何が悪かったのか。美生ちゃんのことを放っておいて、お父さんと仕事のことばかり話したのが悪かったのか。それとも、得意げに、美生ちゃんのお父さんのことをしゃべったのが悪かったのか。どちらも、あそこまで美生ちゃんが取り乱す理由にはどうしても思えなかったんだ」

この数週間、純粋で真面目な彼は、ひとしきり悩んだのだろう。逃げ出して、ただ時が過ぎるのを待っていた私と違って。

「どうしてよ……。もう私のことなんて無視すればいいじゃない」

「無視なんてできるわけないじゃないか」

それからしばらく、二人とも口を開かなかった。

裕二は、とりあえず、私を椅子に座らせた。

「何か飲む？」

私が首を横に振ったのを確認すると、自分はお茶を取り出し、ごくりと飲んだ。そして私の方に向き直る。

「教えてよ。美生ちゃんの気持ちを」

私の気持ち……。それがわからないから会えないいんじゃない。当てつけのような苛立ちが湧き上がる。

「しばらく放っておいてって言ったでしょ？　気持ちが整理できたらきちんと話すから」

「他人に話すことで自分の気持ちが整理できることもあるよ。僕に話してよ。どんなこと言われても平気だから。何も知らないことの方がずっとつらいんだから」

「だから、放っておいてって言ってるでしょ？」

「いやだ」

まるで駄々っ子のような口調で、はっきりと裕二は言いきる。

「今日は、朝まで聞き続けるから」

「なんでそこまでするのよ」

「美生ちゃんのことが好きだからだよ」

裕二と会ってからまだ数カ月しか経っていない。どうしてここまで私のことを思えるのかがわからない。それだけの私しか知らないくせに、よくも好きだなんて軽々しく言える。

私は拳をぐっと握り締めた。

「私のこと本当に好き？　あなたの知っている私なんて、ほんの一部じゃない。知らないからそんな簡単に好きって言えるのよ」

「言えるよ。だってもっと美生ちゃんのこと知りたいって思うもの」

「知ったら嫌いになることだってあるかもしれないじゃない」

裕二は大きく息を吐き出すと、お茶を一口飲み干す。

「それはあるかもしれないね。でも知って理解して受け入れたいよ」

「そんなのきれいごとよ」

自分でも語気が荒くなっているのがわかる。

「そうかもしれない、そうかもしれないけど……」

裕二は言葉をつなごうとして口を開いているのだが、その先が出てこない。眉をひそめて苦しそうな表情を浮かべる。その姿を見て、私の胸に鈍い痛みが走る。

「でも……好きなんだ……」

消え入るような声で裕二が呟く。

（もういい。これ以上しゃべらないで）

「好きだから知りたい。これは、恋愛だけじゃなく人間の本質じゃないかな」

「人間の本質？　そんなこと知らないわよ」

胸の痛みは体中に広がり始め、私を圧迫し、苛立たせる。まだ言葉を発しようとする裕二の言葉を遮った。もう楽になりたかった。

「もう、ちょっと黙ってよ！　もういいわ、そんなに知りたいなら教えてあげるわよ。私ね。パパのことが好きなの。パパはあなたと違って大人だし、背も高いし、かっこいいし。それにパパはとってもセックスが上手なのよ。私の処女はパパに捧げたし、何年間も、パパに抱かれて、何度も何度もイッたわ」

裕二は、口を半開きにしたまま、唖然とした表情をしている。

当然だ。もうすべてがどうでもいい。裕二に気持ち悪いと思われようが、軽蔑されようが構わない。もうすべてを終わりにしたかった。解放されたかった。

「そう……私は父親に抱かれて感じる変態なのよ。パパのことを思って一人ですることだってあったわ。あなたとこの間会ったときだって、その前の晩、パパに抱いてもらって、いっぱい膣内に出してもらったわ。わかった？　これが本当の私よ。あなたという存在がいながら、父親に抱かれて悦んでいる。もう十分に理解したよね？　だったらもう関わらないで。私の前に現れないでよ」

私は、涙が出そうになるのを必死になってこらえながら、裕二は両手で頭を抱えている。

(ごめんなさい。結局、あなたを傷つけちゃったね。会わなければよかったんだよ……きっと私たち)

私はゆっくりと立ち上がる。

「ちょっと待ってよ」

裕二はゆっくりと顔を上げた。

「お父さんのことが好きなのは、よくわかったよ」

なぜ、まだ話すの。もう私を解放してよ。憎しみにも似た感情が湧き上がってくる。

「何よ。もういいでしょ」

「よくないよ」

「もうすべて話したわ。これで終わりよ」

「終わりじゃない」

「帰るわ」

「帰さない」

「いい加減にしてよ」

私は声を荒らげる。

「聞くけど、じゃあ僕のことは嫌いなの？」

（なんでそんなことを聞くのよ!!）

勢いを増した感情が思考の箍《たが》を外し、私の気持ちのすべてをさらけ出させる。

「嫌いなわけないじゃないの！　嫌いだったらこんなに悩まないわよ。あなたが……あなたのことが……だから……」

最後は言葉にならなかった。先ほどまで抑えられていた涙が溢れ出す。肩を震わせて私はしゃくり上げた。裕二は私から視線を外し、前を向いたまま私の泣き声を聞いていた。

そして、私の息が整うまで待ってから、

「美生ちゃんが僕のことを好きなら問題ないと思う……。多少驚いたけど……。でも問題ないよ」

予想もしなかった言葉が私の頭を混乱させる。ここで必要な言葉が私には一文字も思いつかない。

「だって、僕と出会ったとき、美生ちゃんはお父さんのことは好きだったわけでしょ。ということは、お父さんが好きな美生ちゃんを好きになったんだから」

（なぜ、この人は笑っているのだろうか。そんなに屈託なく……）

私の胸を幾度となく焦がしてきたその笑みに、張り詰めていた気が一度に緩む。止まっていた涙がまたとめどなく溢れ出た。

裕二はゆっくりと立ち上がると、私のことを抱きすくめた。

「これからはずっと一緒だよ?」

彼は、一言そう言うと、小さな子どもをあやすように、背中をゆっくりと何度もさすった。そして私は、彼の細い腕の中で、ゆっくりと首を縦に振った。


それから一カ月が経った。パパが帰国する日、私は、ホテルのスイートルームにパパを招待することにした。

ホテルの最寄り駅で待っていると、大きなトランクを抱えてパパがやってきた。私のことを見つけて手を振る。

「パパおかえりなさい」

私は駆け寄ると、パパの腕に絡みつく。

「おいおい、危ないよ、美生」

そう言いながらも、どこかほっとした表情を見せた。一カ月ぶりに見るパパは少し陽に焼けたのか、精悍《せいかん》さが以前よりも増しているように思えた。

「相変わらずかっこいいねパパ」

照れ隠しで、おどけた口調で言ってみたが、伝えている言葉は真実だ。

「美生がいるからね。カッコよく居続けられるんだよ」

そう言って、にやりと笑う。

部屋へ向かうエレベーターの中、私は、すぐそこに待っている未来が待ち遠しくてたまらなくなり、パパに身を寄せると、パパと熱い口づけを交わした。私はたっぷりの唾液をパパに注入すると、パパは私の口の中を舌でかき回した。随分と懐かしい味がする。

「くふぅう」

お互いのくぐもった吐息が重なり合い、私は、少しずつパパと溶け合っていく感触を胸いっぱいに味わった。

「チン」という機械音が目的地へ着いたことを知らせると、私とパパは唇をつなげたまま、絡み合うようにエレベーターを降りた。そして顔を離し、微笑み合う。私は、パパを部屋まで案内し、カードキーを照らすとドアを開けた。

私が先に入り、パパの腕を取ってエスコートする。

「パパ、入って」

私はパパの歩く速さに合わせながら、ゆっくりと中へ入っていく。

「随分といい部屋を取ってくれたんだね」

きょろきょろと部屋を眺め、感嘆しながら、奥へ奥へと進んでいくと、途中でパパは歩みを止めて、ある一点をずっと見つめている。

「鏡君……」

パパの視線の先には、裕二が穏やかな表情を浮かべて立っていた。

「お久しぶりです。お父さん。お元気そうで」

「どうして……」

私はそっとパパの腕を離すと、今度は裕二の隣に行き、今度は裕二に腕を絡め、パパの目をじっと見つめる。

「お父さん。僕は美生ちゃんのことが好きです。笑い顔も寂しそうな顔も、優しいところも、ちょっと情緒不安定なところもそのすべてを愛しています。だから美生ちゃんと一緒になりたいんです」

パパの顔が一瞬曇ったのが私にはわかった。しかし、すぐに柔和な笑顔が戻った。

「そうか……。いや……よかったよ。鏡君とは一度しか話していないが、私にはわかる。君なら安心だ。美生を幸せにできるよ」

パパは私とも視線を合わすと、にっこりと微笑んでくれた。しかし、私も裕二も表情を崩さず、真剣な面持ちでパパと向かい合っていた。裕二が、一段と表情を引き締め、口を開く。

「いや、残念ながら幸せにはできません」

パパは驚きを口には出さなかったが、予想外の会話の返しに、戸惑いの表情を浮かべ、私をすがるように見つめてくる。裕二が私の手に、そっと自分の手を重ねてきた。

「僕だけでは美生ちゃんは幸せになれません。お父さんがいないと。彼女が幸せになるには、僕とお父さんの二人がいないとダメなんです。そして、彼女が幸せになることは、僕の幸せでもあるんです」

しゃべり終えると、裕二は私の手をより一層強く握った。

私は彼の目を見て、こくりと頷く。

「ねぇ、パパ、私たち、一緒になろう？　そしてずっとずっと一緒にいよう」

「鏡君……。美生……」

それ以上は何も語らなくていい気がした。パパの返事は聞かなくてもいい。私たち三人にはもうわかっていた。私は、これから訪れる夜に向けて、少し赤みを増してきた陽の光を浴びているパパの凛々しい顔を眺めていた。心の中で呟く。

（パパ、今までありがとう。そして、これからもよろしくね……）

そして、私は、パパの涙が頬から滑り落ちていくのを久しぶりに見た。

すっかり夜の帳《とばり》が下りたころ、私はキングサイズのベッドの上で、すべてをさらけ出していた。

「ねぇ来て……」

私の視線の先には、すでに頭を持ち上げかけている肉棒を携えたパパと、少し顔を赤らめ、自分の下腹部を手で隠し、恥ずかしそうな表情を浮かべながらも、パパの体の美しさに目を奪われている裕二の姿があった。

まずはパパがベッドの上に上がり私の後ろに回ると、耳裏に舌を這わせ、息を吹きかけられる。

「ふぅ……」

まるでそれが合図だったかのように、体がじわじわと疼き始めた。パパの唾液がうれしそうにはしゃいでいる音に聞き惚れていると、足首がそっと持ち上げられた。見ると、裕二が足の甲にキスをしている。

「僕は君のためなら何でもする。これはそれの証しだよ」

そう言うと、裕二は、自らの口の中から私の足に向けて、唾液を落とす。そして、足の指を一本、一本確かめるようにしゃぶりあげていく。

「や……ちょっと裕二さん。あ…ダメ……汚い」

三人で軽い祝杯を挙げたあと、私たちは我慢ができずに服を脱ぎ始めた。寒さの増してきた季節とはいえ、シャワーも浴びていない足の指を舐められるのは恥ずかしい。

「美生ちゃんに汚いところなんかないよ」

「や……せめて……タオルで……」

指先をなぞるような動きから、唾液がたっぷり含まれた瑞々《みずみず》しい口内に、私の足の指を入れていく。

（こんなところまで舐めるなんて……）

喜びと羞恥が相まって、パパによって芽生えた疼きがゆっくりと足踏みを始める。

パパは耳裏から口を経由し、私の胸へと舌を移動させた。それに動きを合わせるように、裕二は、足からどんどんと上へと舌を這わせていく。私の脚が開かれるとお尻の柔肉を左右に割り広げ、下肢の中心部分に顔をうずめてきた。

そして、パパがちゅうちゅうとすでに硬く尖った突起物を吸い始めると、裕二はまだ十分に成長しきっていない花芯に唾液を注ぎ込む。

「はひぃっッッ」

それまでは穏やかであった体の疼きが、急に勢いを増す。突然のあまりの刺激に、私は思わず裕二のことを思い切り蹴ってしまった。しかし、裕二は怯むどころか、より一層ねっとりと舐め上げ始めた。

「くふぅぅん」

舌を秘裂へと移動させ、花芯を指の腹でリズミカルに叩き始める。

「美生ちゃんのすごい……。舐めても舐めても蜜が溢れてくる」

その言葉に情欲の灯がともったのか、パパが私の胸にむしゃぶりついてくる。快楽の源泉ともいうべき場所を二人から同時に責め立てられ、体の奥底からはしびれとともに、溢れるような愉悦がせり上がっていた。

「く……ん、ん、んぅ……はぁ……あ、ひ……ぁっ」

パパが乳首を甘噛みすると、とても、自分のものとは思えないような音量で、甘く艶を帯びた嬌声が口から吐き出された。裕二は私が強く喘いだときの舌の動きを何度も繰り返してくる。

「あっあ、あああっだめ、それそれ、いぃぃ」

腰を揺すりながら存分に湧き出る快楽に全身が満たされればされるほど、切なさが募ってくる。蜜口は、裕二の舌を受け入れ、享楽に甘蜜を流しながらも、淫らにひくついて、もっと他のものを要求している。

「ねぇ、パパ……私……私……」

潤んだ目で訴えかけると、パパはすべてを理解してくれた。

「鏡君。ちょっとごめんよ」

そう言うと、私を持ち上げ空中で一八〇度回すと、あおむけに寝転がったパパの体を私がまたぐ格好になった。私はパパの肉棒を握り締めた。私の手の中で肉棒はびくりびくりと暴れている。

「美生。入れていいよ」

私はようやくご褒美をもらえた子犬のように息を荒く弾ませながら、肉棒を体内へうずめていく。随分前から肉棒を待ち焦がれていた私の蜜襞は、猛々しいパパのものをするりとのみ込んでいく。

「あ……あふ……んぅ……く……くぅ……」

突然背後から手が伸びてきて、胸の膨らみに細い指を這わせる。その刺激に私はびくびくと体を跳ね上がらせる。

その勢いで、蜜孔を満たす肉棒が肉壁をこすり立て、さらに体を震わせた。

「美生。美生の膣内、気持ちいいぞ」

「おっぱいもかわいいよ。こんなに硬くなって」

甘蜜をたっぷりと味わい、入ったときよりも肥大化したパパの剛棒で、私の蜜部は勢いよく何度も突き刺されていく。裕二がつまんだ乳首から、さらなる快楽が生み出されていく。

「もっと、もっとぉぉおお」

甘い喘ぎ声は、いつしか、動物的な叫びへと変わっていった。裕二の手が私の胸から離れた。そして、パパに激しく突かれ身悶えする姿をじっと見ている。

「僕も美生ちゃんと一つになりたい……。ごめんなさいお父さん。少し動くの我慢してもらっていいですか?」

そう言うと、裕二は自分の指を十分に舐めながら、私の尻肉に指を這わせ、固く蕾《つぼみ》を閉じたままの菊孔を開き始めた。

「ひぃいいい」

先日のバスルームでの、身を打ちひしがれるほど乱れた経験が思い出される。

「だめ……、お尻は……や……」

裕二の手は止まらない。菊口をほぐしながら、強引に蕾を花開かせていく。

「僕も、美生ちゃんの初めての男になりたいんだ」

決意のこもった声でそう言うと、菊壁が押し開かれた。

「……そこ……いや……お尻…お尻……」

私は蜜孔でパパの巨棒をくわえ込みながら、体を揺らしていた。

「裕……二……さ……ん……そこ、そこ……こわい……」

すると、パパが私の頬を優しくなぞる。

「大丈夫だよ美生。美生の初めてをもらってもらいなさい。パパも怖くならないように助けるからね」

そう言うと、パパは裕二の指の動きを邪魔しないように腰を小刻みに動かし始めた。

「はぁあああ」

密孔がこすられ愉悦が下腹部を満たしていくと、排泄器官に指を入れられていく違和感と恐怖がやわらいでいく。裕二の指は菊孔の中で大きな円を描き始めた。それに呼応するように、パパは下からの突き上げを強くする。

「……や……んんぅ…ふふふふふぅううう」

ひときわ高い嬌声を上げると、菊孔の中からジクジクとした感触が湧き上がった。

「……もう……。入れるよ。美生……」

裕二は熱っぽい声でそう言うと、パパは小悪魔的な笑みを浮かべた。

「ほら、美生。自分からお願いしなさい。鏡君が、美生に入れてくれるって言ってるんだから」

羞恥心が、体だけでなく心までも淫らに犯していく。

「鏡君に、お尻に入れてほしいんだよね？　美生？」

子どもをしつけるような優しくも厳しい声。今までにはなかったその口調に、私は喜びを感じる。淫靡な感情が燃え上がっていく。

「裕二……さ……ん……私の……私のお尻に……入れて……ください……」

顔が灼けるように熱くなる。蜜孔に差し込んだまま、パパが私の腕を引っ張り、体を密着させる。菊孔が裕二の前に突き出された。裕二は私の尻肉を左右に開いて、十分に憤っている性器を未開の秘孔へあてがい、ゆっくりとその中へと入れていく。

「ひ……ひぃ……はぁ……はぁはぁあああ……あああぁっ」

裕二の性器は、最初は入り口付近で戸惑っていたが、一度中に入ると、すぐにすっぽりと奥まで一気にその歩みを進めた。

「きぃはぃぃあいいい…痛…て…い…いた……だめ、だめぇ壊れる、壊れちゃう」

私は、引き裂かれる痛みに身悶《みもだ》えし、むせび泣きながらもその痛みを大切に心の奥に刻み込む。初めての痛みはやがて大きな幸せを生むことを私はパパに教えてもらってたから。

「美生ちゃん。美生ちゃんのお尻気持ちいいよ」

裕二の甘い嬌声が響いた。

「あぁうれしい……うれしいぃい。いいよ。いいよ。もっと、もっと激しくして」

その言葉に、二人の律動が速くなる。蜜孔と菊孔が押し開かれ、それぞれの肉壁が雁首に引っかかれていく。それまで十分に動けなかったパパの巨棒が、我慢しきれなくなったのか、激しく躍動し、蜜襞に熱い衝撃を与えた。すると、その刺激に触発された襞は収縮をし始め、さらにパパの肉棒をくわえ込む。

「も……もっつ……んんん」

パパのその動きに誘い込まれるように、裕二の性器は腸道を奥へと突き進んでは、勢いよく肉壁をめくりあげるように引きずり出す。次第に痛みはなくなり、蜜孔とは違う、体がほわりと浮き上がるような快感が背筋を通って体中に行きわたった。

私は二つの快楽に、大きく身をよじらせることしかできなくなっていた。

「美生ちゃん、美生ちゃん。ずっとずっと一緒だよ」

裕二は、そう言いながら腰を揺すり立てる。

「は………ふ………んぅ……」

甘く喘ぐ私をパパが見ている。

「美生、よかったね。お前を愛する人が増えて。もう一人ぼっちにはならないよ」

その言葉に体がより一層高揚する。二人が肉壁を動き回る感触、肉棒の温かさをもっと感じたくなり、私は自然と自分の腰を動かし始めた。

「くっう」

パパがうれしそうな、苦しそうな表情を浮かべる。私はその顔を丹念に舐め上げる。二つの孔がきゅうきゅうとすぼまっていく。

「美生ちゃん。お父さん。僕もう……もう……」

私の背後で裕二の切なそうな声が聞こえる。

「うん。一緒、一緒がいい、みんな、みんな一緒が……」

三人の律動が合わさり、心地よいリズムを刻む。

私は下腹部に尿意にも似た震えを感じた。

「あぁ、……も……も…だ……はぁ、いっぱい、いっぱい欲しい」

パパの肉棒に満たされた蜜孔と、菊壁をかき回す裕二の性器、二つの熱がさらに増し、私の体を溶かしていく。

「もう、もう、……だめ…あああ、ぁあああ………っ」

体内から大量のしぶきが噴き乱れると、私の襞たちが一斉にすぼまる。

「はぁ……は……んん…く……はぁ」

艶やかな眩暈《めまい》の訪れに身を委ねていると、程なくして、蜜孔と菊孔の両方で熱い情動の塊が弾けた。私は体と心の奥から湧き立つ幸福感と安息感に、大きく体をのけぞらせた。

私と裕二は、パパに腕枕をしてもらい、その体に二人して身を寄せていた。

私たちは、眠ることなく同じ布団にもぐり、おしゃべりに興じていた。過去のこと。今のこと。そして未来のこと。話は尽きなかった。

「美生、鏡君。私はこれから日本に本格的に拠点を構えようと思っているんだ。これまでみたいに海外で過ごすのではなく、海外のエージェントを使いながら、主に日本で働くつもりだ。それで、家を買おうと思うんだ。来週あたり、一緒に探しに行かないか？　三人の家を」

裕二が「それなら……」と喜々としてしゃべり始める。

（まだまだ、寝られそうにないわね）

私は熱を上げて話す二人をよそに、一人くすくすと笑っていた。

（私たちの家か……）

ママと暮らした家が頭に浮かぶ。今日、初めて知ったのだが、あの家は、パパとママが二人で過ごした家だそうだ。実家がなんと言っても、ママはあの家を離れなかったという。

その話を聞いて、あそこは、パパとママの家で、やっぱり私の家ではなかったのだと思った。でも今度、私たちの、私の家ができる。

（ママ、私にも新しい家族ができたんだよ。今までありがとね）

夜と朝の境目。サイレントブルーと呼ばれている時間の白みきっていない薄暗い空を、二人の会話をバックミュージックに私は飽きることなく眺めていた。

エピローグ

「はい、できたよ美生ちゃん。これでどう」

私はその声にゆっくりと瞳を開ける。鏡の中には、純白のウェディングドレスを着た私が映っていた。

「きれい……」

自分で自分のことを賛辞する言葉が思わず口をついて出てしまったことが恥ずかしく、頬が赤らむ。そんな私の様子を見て、私のすぐ後ろで笑い声が上がる。

「恥ずかしがることないよ美生ちゃん。本当にきれいなんだし」

いつもと変わらない明るい調子で、笹原が鏡越しに笑いかけてくる。

三人が家族になってから、七カ月が過ぎた。パパは、あのあと、すぐに日本に事務所を立ち上げ、私たちはその事務所のすぐそばの高層マンションに部屋を借りた。

一緒に暮らしてみてよくわかったのだが、裕二とパパは容姿も性格もまったく違ったのだが、根っこの部分が非常によく似ていた。勤勉というか、仕事好きというか、好奇心が旺盛というか。二人とも何か新しいことを画策し、一度火がつくととことん追い込む性格であった。

二人で協力して何か新しいことを始めようとしているようで、この一ヵ月は、三人でいても、私のわからない話で盛り上がっていて、本人たちは否定していたが、私のことは随分とおざなりになっていた。そこのところはちょっと不満もあるのだが、真剣に話す二人の姿にときめく自分もいた。

そして、仕事が一段落するところを見計らって、結婚式を挙げることになり、海外の海を見渡せるチャペルの控え室に私は今いる。

ウェディングドレスにも式場にも一切こだわりはなかったが、唯一譲れなかったのがメイクとスタイリングだった。ここ数年の私の性格も顔も、もしかしたら二人よりも知っているかもしれない笹原にどうしてもしてほしかったのだ。この人にはどれだけ感謝をしても足りない。私が変わるきっかけを与えてくれ、いつも遠くから見守ってくれていた。どういう形になるかはわからないが、もし何か笹原が困っていることがあれば、今度は私が全力で助けてあげたいと思う。

ただ、この男に私の助けを必要とするときが来るとは思えないのだが……。

「笹原さん。今までありがとうございます。そしてこれからもよろしくお願いします」

私は深々と頭を下げた。笹原は一瞬私を見たような気がしたが、すぐに視線をそらすと、何も言わずに私の周りをぐるぐると歩きながら、メイクをチェックし始めた。

「うんいいね。こんだけ出来が良ければ、追加料金をもらわないと。ドレスの着付けも結局僕がしたんだし」

そう言う笹原の顔は、どことなく赤くなっているようにも感じた。

「それは、私ではない人にご相談ください」と言って笑みを返した。

私もそれ以上は言わず、鏡に映る自分の顔を眺めた。一つ気になったことがあったので、笹原に聞いてみる。

「あれ？　笹原さん。口紅は塗らないの？」

私がそう言うと、笹原はようやく私と目を合わせて口をにやりと曲げた。

「最後は、自分で描きなよ。美生ちゃん。たっぷりとこれからの決意と意志を込めてね」

そう言ってピンク色のリップを私に渡した。私はその手をぎゅっと握ってから、リップを受け取る。

そして、幼いころのママとの記憶、パパとの出会い、笹原との出会い、裕二との出会い、一つひとつを思い出しながらゆっくりと塗っていった。

そこには、すっかり花嫁になった自分がいた。

ふいにドアがノックされる。

「さぁ、お迎えが来た」

そう言って私の肩をポンッと叩いた。

「今、終わりましたよ。すぐに行きます」

笹原がドアの向こうに言葉を投げかけた。

私がゆっくりと立ち上がると、笹原は私の手を握り、エスコートしてくれた。

「さぁ、頑張って美生ちゃん」

私はこくりと頷くと、その頬に軽く口づけをして、ドアを開けた。

そこには、黒いタキシードに身を包んだパパがいた。

「美生……きれいだ……」

私を一目見るなり、パパの瞳から涙がこぼれた。

「ありがとう……美生……笹原さん。ありがとうございます」

パパは礼をしながら涙をぬぐう。私はその感謝の先にいる、顔を真っ赤にした笹原に悪《いた》戯《ずら》っぽく微笑みながら手を振ると、パパの手を握って歩き始めた。パパの腕が緊張からなのか、少し震えている。

（パパでも緊張することがあるんだ）

いつもの落ち着いたパパとはまた違った姿が新鮮だった。

「パパは、花嫁の父親兼新郎で、一人二役なんだからね。しっかりね」

パパの腕に絡めた腕の肘で、パパの脇腹を突っつくと、いつものパパの表情にゆっくりと戻っていった。

「わかっているよ。三人の結婚式だもんな」

その言葉に、私は歩みを止めた。パパが不思議そうに顔を覗き込んでくる。

「パパ。三人じゃないわ。四人の結婚式よ」

私は、そう言うと、上目遣いでパパを見て、そっと自分の下腹部に手を当てる。

「え？」

パパは状況がのみ込めないのか、小首をかしげた。私はじっとパパの目を見つめる。

「二人の子どもよ」

そういうと、体がほんのりと温かくなっていくのを感じた。

「え！　うそ！　すごい、すごいよ美生！」

厳粛なその場にふさわしくない大声で叫んでしまったパパは、すぐに口を押さえた。そして、小声で話しかけてくる。

「鏡君には？」

「まだ伝えてないわ。初夜のときに言うつもり」

「そうか……。そうか……。おめでとう。そして、ありがとう」

パパはそれ以上、何も言わず、私の方にも目を向けず、前を見据えて一歩一歩、踏み出していく。教会の鐘の音だけが聞こえてきた。

重厚感のある木の扉が開け放たれると、視線の先には、色とりどりのステンドグラスの光を浴びた真っ白なタキシードに身を包んだ裕二が、私とパパのことを待ち構えていた。

パイプオルガンの音色と、唯一の招待客である笹原の拍手が鳴り響く。

満面の笑みを浮かべた裕二の姿が徐々に大きくなってくる。私はこの場にいる三人への愛を目いっぱい込めながら、一歩一歩、バージンロードを歩いた。

そして、彼の前までたどり着くと、パパに腕を絡めたまま、空いていた左腕を裕二の腕に絡めた。

そして、三人で神の祝福を受けた。

装画／はこ太
装丁／橘英里

【著者紹介】

沢村 のぞみ（さわむら のぞみ）

風俗嬢として活動中。

甘《あま》い伽《とぎ》　彼《かれ》とパパのW調教《ちょうきょう》

2019年12月17日　第1刷発行

著　者　　沢村のぞみ
発行人　　久保田貴幸

発行元　　株式会社 幻冬舎メディアコンサルティング
〒151-0051　東京都渋谷区千駄ヶ谷4-9-7
電話　03-5411-6440（編集）

発売元　　株式会社 幻冬舎
〒151-0051　東京都渋谷区千駄ヶ谷4-9-7
電話　03-5411-6222（営業）

印刷・製本　中央精版印刷株式会社

検印廃止

Printed in Japan
ISBN 978-4-344-92554-0 C0093
幻冬舎メディアコンサルティングHP
http://www.gentosha-mc.com/